KB209888

읽고 싶은 책, 마음껏 빌려 가세요!

안녕, 친구들!

여러분을 만나게 되어 정말 기뻐요. 저는 여러분과 세종대왕 독서법 이야기를 나누고 싶어요. 세종대왕이 책을 엄청나게 많이 읽었다는 거 알고 있나요? 그걸 어떻게 아냐고요? 《세종실록》을 보면 알 수 있어요.

《세종실록》은 세종대왕이 임금의 자리에 있는 동안 한 일을 적은 기록이에요. 이 기록을 보면 세종대왕은 임금에게 주어진 일을 다하면서도 책 읽기를 게을리하지 않았어요.

> 즉위하심에 이르러서는 손에서 책을 놓지 않아,
> 비록 수라(水剌)를 들 때에도 반드시 책을 펼쳐
> 좌우에 놓았으며, 혹은 밤중이 되도록 힘써 보시고
> 싫어하지 않으셨다.

세종 5년 12월 23일의 기록이에요.

세종대왕 시대는 우리나라의 르네상스라고 할 수 있어요. 지금 우리가 누리고 있는 한글과 다양한 문화, 그러니까 농업, 음악, 과학 등이 융성했던 황금기였죠. 이런 문화의 부흥에는 세종대왕의 책 읽기가 큰 밑거름이 되었을 거예요.

책 읽기를 싫어하는 친구들, 책을 잘 읽지 못해 고민하는 친구들 모두 세종책방으로 놀러 오세요! 세종책방에는 여러분이 읽고 싶은 책이 다 있답니다. 책냥이에게 여러분이 읽고 싶은 책, 마음껏 빌려 가세요!

아, 어떤 책을 어떻게 읽어야 하는지 모르는 친구들도 모두 오세요. 세종대왕과 책냥이, 그리고 친구들이 재미있게 책을 읽는 다양한 방법을 알려 줄 거예요. '책 속에 길이 있다.' 이 말이 진짜인지 거짓인지 우리 함께 찾아봐요.

2024년 11월
정성현

차 례

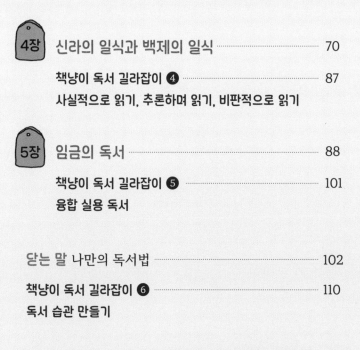

· 여는 말 ·

세종책방 회원을 모집합니다

안녕, 얘들아? 나는 세종책방지기, 책냥이야. 너희가 책을 좋아하는 것처럼 나도 책을 아주 사랑하지.

혹시 조선 시대 왕 중에서 가장 훌륭한 왕이 누구인지 알아? 맞아, 세-종-대-왕! 세종대왕은 우리에게 '백성을 가르치는 바른 소리글자'인 '훈민정음', 한글을 선물하셨어.

한글이 처음 세상에 나왔을 때 얼마나 감동했는지 몰라. 사람들뿐만 아니라 우리 냥이들도 글자를 배울 수 있다는 희망에 가슴이 벅찼거든.

나는 어릴 적부터 몸이 약해 친구들도 못 사귀고 늘 혼자였어. 그날도 시장 한구석에서 꾸벅꾸벅 졸고 있는데, 갑자기 하늘이 두 쪽으로 갈라지는 듯한 함성이 들렸어. 세종대왕이 우리의 글자를 만들어 발표하시자 시장에 있던 사람들 모두 만세를 부르면서 펑펑 울었지.

나는 그때까지만 해도 우리의 글자가 있다는 것이 얼마나 대단한 일인지 몰랐어. 나중에야 그 일이 나에게도, 우리 역사에도 정말 엄청난 일이었다는 걸 깨달았지.

나는 바로 시장을 떠나 세종대왕이 계신 궁궐로 갔어. 세종대왕에게 한글을 배우는 궁녀를 발견하곤 나도 그 궁녀 옆의 댓돌에 자리잡고 앉아 열심히 글을 배웠어. 덕분에 얼마 지나지 않아 책을 읽을 수 있게 되었지. 정말 신나는 일이었어. 책 속에는 갓 잡은 생선보다 더 맛있는 이야기들이 가득했거든. 멀리 바다 건너 사는 냥이들의 이야기도, 신기한 동물 나라 이야기도 있었지.

이런 나에게 세종대왕은 '책냥이'라는 별명을 지어 주셨어. 그건 마치 하늘에서 '특별 임무'를 받는 느낌이었어. 그때부터 나는 더욱 책에 빠져 살았어. 다른 냥

이들이 생선을 먹으러 달려갈 때도, 꼬르륵 소리 나는 배를 움켜쥐고 참으면서 끝까지 책을 읽었지.

그러던 어느 날, 세종대왕은 책을 사랑하는 내가 기특했는지 특별한 선물을 주셨어. 바로 '책으로 만든 의자'야. 이 의자에 앉기만 하면 책 읽기에 관한 고민이 싹 풀렸어. 마치 마법처럼 책 내용이 머릿속으로 쏙쏙 들어왔거든!

세종대왕은 책을 사랑한 왕으로 유명하지만, 책에서 읽은 내용을 실생활에 적용한 왕으로도 유명해. 나는 세종대왕의 이런 독서법을 너희에게 알리려고 온 거고.

세종책방이 문을 열고 수많은 사람이 다녀갔어. 그중에는 왕들도 있었어. 그런데 이 책방에는 한 가지 비밀이 있어. 바로 책을 진심으로 사랑하는 사람에게만 보인다는 거야! 너희

가 책을 사랑하고 책을 더 알고 싶다면, 이 책방은 언제든 너희 앞에 나타난단다.

세종책방에는 그림책, 동화, 소설, 시집까지 없는 책이 없어. 책방이 오래되어 먼지 쌓인 책들도 꽤 많지만 말이야. 그래도 걱정하지 마! 책의 진정한 마법은 먼지 따위에 가려지지 않거든.

그러니 책의 진정한 마법을 느끼고 싶은 친구들은 나, 책냥이를 만나러 어서들, 와! 책을 사랑하는 모든 사람에게 세종책방은 언제든 열려 있으니.

세종책방 회원 대모집
이런 어린이를 환영해요!

- 책 읽기가 싫은 어린이
- 왜 책을 읽는지 잘 모르는 어린이
- 고민 상담을 하고 싶은 어린이
- 편하게 책을 읽고 싶은 어린이
- 세종대왕을 만나고 싶은 어린이
- 세종대왕 독서법을 배우고 싶은 어린이

회 비	책을 읽고자 하는 마음의 준비
기 간	스스로 만족할 때까지
여는 시간	책방에 오고 싶을 때
닫는 시간	책방을 나갈 때

읽고 싶은 책, 마음껏 빌려 가세요!

세종책방지기 책냥이

1장

세종책방 1호 회원

"여러분, 내일이 무슨 날인지 알죠? 바로 책 소개를 하는 날이에요. 여러분이 재미있게 읽은 책이나 감동받은 책을 가지고 와서 발표하도록 할게요!"

그때, 지혜가 손을 번쩍 들었다.

"선생님, 만화책도 괜찮아요?"

"만화책도 좋아요. 어떤 책이든 상관없으니 친구들에게 정말 소개하고 싶은 책, 딱 한 권만 가져오세요."

일자가 시무룩한 표정을 지었다.

'어휴, 책 소개라니……'

수업이 끝나자 교실이 북적였다.

"일자야, 우리 떡볶이 먹으러 가자."

지혜와 일자는 웃고 떠들며 앞서거니 뒤서거니 걸었다. 분식집에 도착하자마자 떡볶이를 주문했다.

"하필 책 소개라니, 숙제가 너무 마음에 안 들어!"

일자가 한숨을 쉬며 말했다.

"난 이런 숙제 너무 좋아! 세계 명작 동화가 얼마나 재미있는데! 일자야, 오늘 우리 집에 가서 같이 책 보자."

지혜가 말했다.

"너 지금 책 많이 읽는다고 잘난 척하는 거야?"

일자가 얼굴을 붉히며 말했다.

"뭐? 내가 언제?"

지혜가 당황해하며 포크를 내려놓았다.

"너 혼자 많이 먹어!"

지혜는 화를 내며 분식집을 나가 버렸다.

'내가 왜 지혜한테 성질을 내고 있지? 바보 같아…….'

일자가 분식집을 나와 집으로 가고 있는데 돌멩이 하나가 발길에 차였다. 일자는 엉겁결에 돌멩이를 힘껏 걷어찼다.

'에잇!'

돌멩이는 어디엔가 부딪쳐서 탁 하는 소리가 났다. 일자는 순간 겁이 나서 실눈으로 소리가 나는 쪽을 돌아보았다.

'어? 못 보던 책방인데…… 언제 생겼지?'

일자는 눈을 비비며 다시 한번 살펴보았다.

'세. 종. 책. 방.'

일자는 까치발로 서서 낯선 책방 안을 호기심 가득한 눈으로 둘러보았다.

그때 고양이 한 마리가 문을 열더니 활짝 웃으며 인사했다.

"안녕, 반가워!"

"헥! 너는 고양이잖아. 그런데 고양이가 어떻게 말을 해?"

일자가 놀라며 물었다.

"그렇게 놀랄 거 없어. 세종책방에서는 고양이도 말을 할 수 있거든. 나는 이곳을 지키는 책냥이야."

고양이가 자랑스럽게 대답했다.

"세종책방? 여기에 언제 이런 게 생겼지?"

일자가 궁금해하며 물었다.

"음, 이 책방은 역사가 깊어. 조선 세종 때부터 있었다고."

책냥이가 말했다.

"뭐라고? 거짓말! 내가 어릴 때부터 여기를 지나다녔는데 한 번도 못 봤거든. 옛날부터 있었다면 교과서에도 나왔을 거야."

일자가 믿을 수 없다는 듯 책냥이를 흘겨보며 말했다.

"하하, 처음 세종책방에 오면 다들 그렇게 말해. 에헴, 이 책방은 꿈틀꿈틀 움직이는 책방, 꿈틀이 책방이야. 너희 눈 앞에 나타났다 사라지고 다시 나타나는 신기한 책방이지. 책 읽기에 고민이 많은 아이들에게 '짠!' 하고 나타나는 곳이란다."

책냥이가 어깨를 으쓱하며 말했다.

"책 읽기? 나는 그런 고민 한 적 없는데……. 나한테는 세종책방이 왜 나타난 거야?"

일자가 미심쩍은 듯 물었다.

"너, 책 읽기 싫어하잖아! 책 읽기 싫은 것도 고민이야. 아무

튼 네 이름은 뭐니? 책가방 보니 이 근처 학교에 다니나 봐?"

책냥이가 물었다.

"나는 이도초등학교 6학년 홍일자야."

일자가 책방을 흘끗 살펴보며 대답했다.

"혹시 내가 읽을 만한 책도 있어? 내일 친구들에게 책 소개를 해야 하는데……."

"그럼! 네가 좋아할 만한 책이 한가득이야. 들어와서 찾아봐."

책냥이가 책방 안을 가리키며 말했다.

일자는 책냥이를 따라 성큼 책방으로 들어갔다.

"짜잔, 우리 책방 1호 회원이 된 걸 축하해!"

책냥이가 반갑게 외쳤다.

"1호 회원이라니? 아주 옛날부터 있었다며? 그동안 회원 모집을 안 했던 거야?"

일자가 물었다.

"조선 시대에는 이곳에 책을 읽고 글자를 배우려는 사람들과 냥이들로 발 디딜 틈이 없었어. 그런데 1910년 8월 29일, 내 생애 가장 슬픈 날, 일제의 강압으로 국권을 상실한 날에 우리 책방도 문을 닫았어. 나도 나라를 되찾기 위해 노력했지. 그러다 일본 냥이들의 습격을 받고 간신히 책방으로 피신했어. 그때 세종대왕이 선물해 주신 책으로 만든 의자에

앉아서 그대로 잠들었어. 그런데 깨어나 보니 이렇게 아름다운 대한민국이 되어 있는 거야."

책냥이가 감격에 겨운 목소리로 말했다.

"그동안 우리나라에 큰 전쟁이 나서 많은 곳이 사

라졌는데, 이 책방은 어떻게 살아남은 거야?"

일자가 물었다.

"우리 세종책방은 방탄 책방이야. 언제나 세종대왕이 지켜
주시지. 그리고 어디로든 옮겨 다닐 수 있어. 지금은 이도초
등학교 학생들이 책을 열심히 읽는 게 소문이 나서 책방이 여
기로 오게 된 거고. 이도초등학교 1호 회원, 진심으로 환영
해!"

책냥이가 웃으며 말했다.

일자는 1호 회원이라는 말에 우쭐해졌다. 책방 정면에는
세종대왕의 그림이 걸려 있었다. 그림 속 세종대왕은 마치
조금 전까지 함께 이야기를 나누던 할아버지처럼 친근하게
느껴졌다.

"책냥아, 세종대왕 할아버지가 여기 살고 계신 것 같아."

"오호, 세종대왕을 만나고 싶어?"

일자의 이야기를 들은 책냥이가 물었다.

"음, 그런데 아마 나를 좋아하지 않으실걸. 세종대왕 할아버지는 책벌레라고 하시던데 나는 책을 왜 읽어야 하는지도 잘 모르겠어. 괜히 단짝한테 심술이나 부리고 말이야."

일자가 속상한 마음을 털어놓았다.

"후훗, 그건 일자가 잘못 생각하고 있는 거야. 세종대왕은 노비든 양반이든, 책을 잘 읽는 어린이든 아니든 모두를 아끼고 사랑하셨지. 백성이 나라의 근본이고, 이 근본이 튼튼해야 나라가 평안하다고 믿으셨거든. 그러니까 일자는 우리나라의 보배야. 자부심을 가져. 네가 책방에 온 걸 알면 세종대왕이 무척 기특해하실 거야."

책냥이가 빙그레 웃으며 말했다.

"그런데 책냥아, 궁금한 게 있어. 세종대왕 할아버지를 독서대왕이라고도 하던데, 왜 그렇게 책을 많이 읽으신 거야?"

"오, 아주 멋진 질문이구나. 그전에 먼저 일자는 책을 왜 읽으려고 하지?"

"솔직히 엄마가 읽으라고 해서이기도 하고, 학교에서도 읽으라고 하고 숙제할 때도 필요하니까 읽어."

일자가 대답했다.

"그렇다면 세종대왕은 왜 그렇게 책을 많이 읽으셨을까?"

책냥이가 계속 물었다.

일자는 이맛살을 찌푸리며 생각에 잠겼다.

"음, 세종대왕 할아버지는 왕이셨으니까 나라를 다스려야
했겠지. 그래서 나라를 잘 다스리려고 책을 읽지 않으셨을
까?"

일자가 고개를 갸우뚱하며 자신감 없는 목소리로 말했다.

"오호, 그걸 맞히다니. 일자, 대단한데!"

책냥이가 박수를 치며 감탄했다.

"그렇다면 나라를 잘 다스리기 위해 왜 책을 읽어야 할까?"

책냥이가 다시 물었다.

"그거야 나라를 잘 다스리려면 많이 알아야 하니까 그렇지
뭐."

일자가 당연한 것을 물어보냐는 듯 심드렁하게 대답했다.

"일자야, 세종대왕이 왜 책을 많이 읽으셨는지 자세히 알
고 싶으면 여기 앉아 봐."

책냥이가 의자를 가리켰다.

"아까 네가 말한, 세종대왕 할아버지가 선물한 '책의자'구나."

책냥이가 고개를 끄덕이자, 일자는 신기한 듯 책으로 만든 의자 여기저기를 만져 보았다.

"의자가 꼭 살아 있는 것 같아. 의자 모양 책인지, 책으로 만든 의자인지 진짜 신기해."

일자는 말을 마치자마자 의자에 앉았다. 그러자 의자에서 갑자기 회오리바람이 일더니 일자의 몸을 휘감았다. 잠시 후 일자가 눈을 뜨니, 세종대왕 할아버지와 신하들이 이야기를 나누고 있는 장면이 펼쳐졌다.

세종대왕의 말이 끝나자마자 신하들이 바쁘게 움직이기 시작했다.

"왜 세종대왕 할아버지는 힘들게 중국 말을 공부하시려는 걸까? 나 같으면 그런 일은 신하들에게 맡겼을 텐데……. 그러고 보니 왕이 신하들에게도 계속 존댓말을 쓰시네?"

일자는 고개를 갸우뚱했다.

"하하, 일자의 관찰력이 보통이 아닌걸? 맞아, 세종대왕은 신하들에게도 절대로 반말을 하지 않으셨어. 그리고 보통 중국 사신이 말을 하면 역관이 그 말을 우리말로 임금께 전하고, 임금께서 대답하시면 다시 역관이 중국 말로 사신에게 전달하잖아."

"그렇지."

일자가 시큰둥하게 대답했다.

"그러다 보면 답변이 늦어질 수 있어. 그래서 세종대왕은 사신과 대화할 때 대답을 빨리 생각해서 준비하려고 중국 말을 배우려고 하신 거야(세종 5년 12월 23일 기록). 그리고 서로 말을 전하는 과정에서 그 뜻이 잘못 전달될 수도 있는 것을 막기 위해서이기도 했지. 중요한 일일수록 정확하게 소통해야 하니까."

책냥이가 빙긋 웃으며 다시 대답했다.

"아하, 그러니까 세종대왕 할아버지는 나라의 중요한 일은 직접 챙기시려 했던 거구나."

일자가 감탄했다.

"맞아. 세종대왕은 나랏일이 어려울수록 책 속에서 길을 찾고자 하셨지. 가뭄이 들면 농사 문제를 해결하려고, 왜구들이 쳐들어오면 백성을 지키려고 책을 읽으셨어."

책냥이는 고개를 끄덕이며 듣는 일자를 보며 이어서 말했다.

"세종대왕은 백성들이 마음 편히 잘살 수 있는 방법을 찾으려고 직접 발로 뛰면서도 책 읽기를 소홀히 하지 않으셨어. 유교 경전도 많이 읽으셨지만, 수학도 매우 중요하게 여겨서 《산학계몽》이라는 책도 읽으셨지."

"《산학계몽》? 으, 어려운 책 아니야?"

일자가 인상을 찌푸리며 대답했다. 책냥이는 웃으며 다시 말을 이어 갔다.

"《산학계몽》은 곱셈, 나눗셈, 원주율 등을 다룬 수학책이야. 그 당시 유교 경전을 공부하는 선비들은 이런 학문에 별로 관심이 없었는데, 세종대왕은 중국에 유학생을 보내 수학을 공부하게 하셨어."

"와, 조선 시대에도 책에서 배울 수 있는 게 많았구나!"

일자가 깜짝 놀라며 말했다.

"그뿐만이 아니야. 세종대왕은 정치를 하려면 앞선 시대의 잘못과 아픔을 헤아리는 지혜가 필요하다고 하셨어. 그리고 그 지혜는 오직 역사책에서 찾아야 한다고 하셨지."

책냥이가 덧붙였다.

"놀라워. 책 속에는 내가 생각한 것보다 더 많은 답이 들어 있구나."

일자의 말에 책냥이는 흐뭇한 표정을 지었다.

"맞아. 책을 읽으면서 문제의 답을 바로 찾을 때도 있지만, 어떤 문제에 대한 실마리를 얻기도 해. 다양한 책을 읽고 다른 사람의 생각을 들으며 토론하다 보면 문제를 해결할 수도 있지. 그래서 세종대왕이 경연을 쉬지 않으셨던 거야."

"그럼 책은 답을 찾을 때만 읽는 거야?"

일자가 물었다.

"반드시 그런 건 아니야. 책을 읽는 이유는 정말 다양하지. 재미있는 이야기나 웃긴 이야기, 무서

운 이야기가 좋아서 읽기도 하고, 남들이 관심을 갖는 책이 궁금해서 읽기도 하지. 또 슬픔에서 벗어나기 위해서, 삶이 너무 힘들 때는 이겨 내기 위해서 책을 읽기도 해."

책냥이가 설명했다.

"음, 사실 나는 어른들이 책을 읽으라고 하는 게 정말 싫었어. 오늘도 책 때문에 지혜라는 친구에게 심통을 부렸거든. 그런데 여기 책방에서 세종대왕 할아버지를 만나니까 책에 조금 관심이 생겼어. 세종대왕을 더 자세히 알고 싶어졌고, 친구에게 사과하는 법도 배우고 싶어. 그리고 웃긴 책도 읽어 보고 싶어."

일자가 밝은 표정으로 말했다.

"읽고 싶은 책이 생겼다니 다행이구나. 내가 이렇게 책방을 차리길 잘했지? 여기에서 마음껏 책을 골라 봐. 어떤 책을 읽고 싶은지 생각하면서 찾으면 더 잘 찾을 수 있어. 아니면 갑자기 눈에 띄는 책을 만날 수도 있지."

책냥이가 일자를 바라보며 흐뭇하게 웃었다.

"내가 세종책방을 만난 것처럼 말이지?"

일자가 책의자에서 벌떡 일어나자 어느새 세종대왕과 신하들이 사라지고 없었다.

"책의자가 세종대왕 할아버지를 불러오나 봐. 내가 일어나니까 전부 사라졌어."

"후훗, 신기하지?"

책냥이가 비밀스러운 웃음을 지었다.

"책 읽기에 고민이 있을 때 언제든지 세종대왕을 만나 봐."

책냥이가 조용히 말했다.

일자는 기쁜 마음으로 책꽂이로 달려갔다.

"하하하. 일자야, 책방 회원 가입부터 해야지. 그런 다음 책을 마음껏 빌려 가. 넌 책방 1호 회원이니까 평생 이용권 증정!"

책냥이가 환하게 웃으며 회원 카드를 내밀었다.

"우아, 고마워! 당장 친구들에게 알려 줘야겠어."

일자는 회원 카드에 또박또박 이름을 적었다. 그러고는 두 눈을 반짝이며 먼지가 수북이 쌓인 오래된 책 더미들과 정갈하게 꽂힌 새 책들을 들여다보았다. 어쩌면 자신의 운명과도 같은 책을 찾을지도 모르니까.

책, 도대체 왜 읽어야 해?

책을 읽는 이유는 정말 많아요. 책은 새로운 지식을 얻게 하고, 다른 사람의 감정을 이해하게 해 줘요. 왜 책을 읽는지 생각하면 목표가 생기고, 목표를 이루면 성취감도 느낄 수 있지요.

① 책을 읽는 이유: 여러분은 무엇을 얻으려고 책을 읽나요?

예) 새로운 지식을 얻기 위해/ 더 나은 사람이 되기 위해/ 호기심을 채우기 위해/ 재미있어서

나는 책을 읽는 이유가 _____.

② 책을 읽고 얻는 것: 책을 보고 나면 어떤 점이 여러분에게 가장 도움이 되나요?

예) 상상력 기르기/ 새롭게 보기/ 지식과 정보 알기

나는 책을 읽으면 _____.

③ 목표 정하기: 한 달 동안 책을 얼마나 읽고 싶나요?

예) 하루에 30분씩/ 주말마다 1시간씩/ 일주일에 한 권씩

나는 이번 한 달 동안 _____.

아니, 저건 《구소수간》?

"이제 여러분이 좋아하는 책을 소개할 시간이에요! 누가 먼저 발표할까요?"

선생님이 물었다. 그러자 일자가 손을 번쩍 들었다. 반 친구들의 시선이 일제히 일자에게 쏠렸다.

"저는 어제 별일 아닌 걸로 지혜한테 심통을 부렸어요. 지혜에게 상처를 준 것 같아서 미안해요. 그래서 이 책을 지혜와 함께 읽으면서 사과하고 싶어요."

일자는 세종책방에서 빌린 책을 꺼내며 지혜를 바라보았다. 지혜는 새초롬한 표정으로 고개를 돌려 눈을 피했다. 그런 지혜를 보며 일자는 마음이 따끔했다.

"우아, 일자야! 발표도 맨 먼저 하고, 이렇게 감동적으로 책을 소개하다니 정말 멋지구나! 다른 친구들도 상처받은 일이 있다면 이 책을 꼭 읽어 보세요."

선생님의 칭찬에 일자의 입꼬리가 귀까지 올라갔다. 그 순간 지혜와 눈이 마주쳤다.

"치!"

지혜는 입술을 살짝 내밀며 심술 난 표정을 지었다. 하지만 곧 장난스럽게 배시시 웃었다. 그 웃음에 일자는 마음이 풀리고 지혜와 어색했던 긴장감도 사라지는 것 같았다.

수업이 끝나자 일자는 지혜에게 다가가 진심으로 사과했다.

"지혜야, 어제 내가 잘못했어. 미안해."

지혜는 일자의 손을 잡아 주며 고개를 살짝 끄덕였다.

"괜찮아. 그런데 너, 어제는 책이 재미없다고 심통을 부리더니 오늘 발표는 어떻게 그렇게 잘해? 우리 놀라게 하려고 일부러 장난친 거 아니야?"

"아니야. 어제까진 책이 좋다는 애들이 진짜 이상하게 보이고 숙제도 하기 싫었어. 그런데 새로 생긴 세종책방에서 책냥이랑 이야기하다 보니까 책이 막 읽고 싶어지더라고."

"뭐? 세종책방? 어디에 있어? 멀리 있어?"

"아니야. 학교에서 가까워. 저쪽으로 가면 돼. 같이 가 볼
래? 마침 책방 회원도 모집하고 있어."

그때 무식이가 고개를 푹 숙인 채 지나갔다.

"야, 최무식! 어디 가니? 우리 있는 것도 모르고."

일자가 무식이를 불러 세웠다.

"집에 가."

무식이가 마지못해 작은 목소리로 대답했다.

"날마다 아이들이랑 축구하더니 오늘은 바쁜가 봐."

지혜가 아는 척을 했다.

"참, 일자야, 너 아까 발표 잘하더라. 나도 발표해야 하는
데 걱정이야. 나는 책을 읽어도 무슨 내용인지 기억이 잘 안

나서 뭐라고 말해야 할지 모르겠어."

무식이가 머리를 긁적이며 말했다.

"무식아, 나 지금 지혜랑 세종책방에 가는데 너도 같이 가
자."

일자는 칭찬을 듣고 신이 나서 무식이에게 말했다.

"세종책방? 서점 같은 곳이야?"

"응, 동네 책방이야. 하지만 세종책방은 아무에게나 보이
는 건 아니지."

일자는 의기양양하게 말했다.

"에이 뻥! 설마 그런 데가 어딨어?"

무식이가 믿을 수 없다는 표정으로 말했다.

"뻥 아니거든! 가 보면 알겠지."

"만약 뻥이면 떡볶이 10인분 사 줘야 해."

"좋아. 거짓말이면 100인분도 살게."

일자와 지혜와 무식이는 세종책방으로 걸어가면서 티격태격했다.

학교에서 나와 건물 세 개를 지나 신호등을 건넜다.

"여기야, 세종책방. 멋지지?"

일자는 마치 자기 집처럼 자랑스럽게 말했다.

"책방 회원 모집? 회비가 '마음의 준비'라고? 그럼 무료잖아. 돈은 안 내도 되니, 우리 들어가 보자."

지혜가 문 앞에 붙은 안내문을 보며 말했다.

"그래, 밑져야 본전이지. 들어가 보고 마음에 안 들면 그냥 나오면 되지 뭐."

무식이도 안내문을 보며 퉁명스럽게 말했다.

"걱정 붙들어 매. 대신 책방지기 모습을 보고 놀라지나 마라."

일자가 큰 소리로 외치며 문을 열었다.

"책냥아, 안녕? 나 왔어."

일자가 반갑게 인사하자, 책냥이가 책을 담은 수레를 밀며 나타났다. 지혜는 그런 고양이의 모습에 깜짝 놀라 소리도 못 지르고 눈만 끔뻑였다. 무식이도 책냥이가 신기한지 위아래를 훑어보며 인사했다.

"아, 안녕. 책방지기가 고양이였구나."

"그냥 고양이가 아니라 세종책방 책방지기, 책냥이라고 해."

책냥이는 무식이에게 손을 내밀었다.

"책냥아, 반가워."

무식이는 책냥이와 가볍게 손을 맞잡았다.

"안녕! 여기, 책 구경 좀 해도 되니?"

지혜가 책방을 두리번거리며 물었다.

"그럼. 천천히 구경해. 너희 이름이 궁금한데?"

책냥이가 일자를 향해 눈을 찡긋했다.

"나는 마지혜라고 해. 일자랑 같은 학교 같은 반이야."

"나는 최무식. 나도 같은 반이야."

"모두 반가워. 읽고 싶은 책이 있으면 마음껏 꺼내서 읽으렴. 목마르면 저기 냉장고에서 음료수를 꺼내 마셔도 돼."

"와, 짱이다!"

아이들은 냉장고에서 물을 꺼내 벌컥벌컥 마셨다.

"참, 무식아. 너 오늘 수업 시간에 책을 몇 권씩이나 갖고 왔으면서 왜 발표를 안 했어?"

지혜가 책을 잔뜩 가져온 무식이 모습이 생각나 물었다.

"나는 책을 읽고 나면 내용이 잘 생각나지 않아. 그래서 무슨 말을 해야 할지 모르겠고, 어떻게 소개해야 할지도 모르겠어."

무식이가 한숨을 쉬며 말했다.

"오늘도 내가 좋아하는 동화를 소개하려고 갖고 왔는데, 막상 발표하려니 어떻게 말해야 할지 모르겠더라고."

"나도 어제까진 책 읽기 싫어서 지혜한테 짜증을 부렸어. 그런데 세종책방에 오니까 책이 재미있어 보이고 읽고 싶어지는 거야."

일자가 책방에 있는 과자를 꺼내 먹으며 말했다.

"무식아, 책은 자주 읽니?"

책냥이가 무식이 옆으로 다가와 물었다.

"응, 심심할 때 동화책도 읽고 만화책도 읽어. 그런데 읽고 나면 내용이 머릿속에서 몽땅 사라지더라고."

무식이가 머리를 긁적이며 말했다.

"나도 그런 적 있어. 가끔 책을 읽으면서 멍하니 딴생각할 때가 있거든. 그럴 땐 다시 읽어 보기도 해."

지혜가 맞장구치며 말했다.

"재미없거나 어려운 내용이 나오면 그냥 건너뛰는데, 그래서인 것 같기도 해."

무식이가 골똘히 생각에 잠기더니 말했다.

"무식아, 여기 앉아 봐."

책냥이가 빙긋 웃으며 책의자를 가리켰다.

"옛날 책으로 만든 의자네. 내가 앉으면 무너지는 거 아니야?"

무식이가 장난스럽게 말하며 책의자에 앉았다. 의자가 살짝 흔들리는 듯하자, 무식이는 긴장한 얼굴로 일자와 지혜를 쳐다보았다. 무식이가 의자에 몸을 맡기는 순간, 의자가 갑자기 덜컥하며 흔들렸다. 무식이의 얼굴이 깜짝 놀라 찡그려졌다.

"얘들아, 이거 왜 이래!"

무식이가 두 손을 내밀자 일자와 지혜도 깜짝 놀라 양쪽에서 무식이 손을 꼭 잡았다.

의자가 회오리바람처럼 빙글빙글 돌더니 갑자기 멈췄다.

"얘들아, 책방에 이상한 사람들이 나타났어!"

무식이가 깜짝 놀라 외쳤다.

"쉿, 조용히 해! 지금 세종대왕이 임금이 되기 전인 충녕 대
군 시절이 나타날 거야."

책냥이가 아이들에게 말했다.

"지금 영화관에 온 건가?"

지혜가 어안이 벙벙해서 말했다.

"조용히!"

일자는 이렇게 말하며 뚫어져라 무엇인가를 보고 있었다.

그때 책방 중앙에 있던 책상이 사라지고 어전이 나타났다.
태종이 근심 어린 얼굴로 앉아 있었다.

"어쩜 저렇게 책을 좋아하실까?"

일자가 두 눈을 크게 뜨며 감탄했다.

"그러게. 나 같으면 놀러 나갈 텐데, 온종일 책만 읽으시네."

무식이가 맞장구쳤다.

"애들아, 조용! 충녕 대군에게 방해될 것 같아."

지혜가 충녕 대군의 모습에서 눈을 떼지 못한 채 말했다.

충녕 대군은 하루 종일 《구소수간》을 읽었다. 몇 번을 보았는지 책 표지는 너덜너덜해지고, 책장은 바스러질 것 같았다.

"《연려실기술》에 따르면, 충녕 대군은 이 책을 무려 천백 번을 읽었대."

책냥이가 소곤소곤 말했다.

"천백 번이나? 근데 《연려실기술》이 뭐야? 굉장히 어려운 책 같아."

무식이가 놀랐는지 입을 쩍 벌리며 물었다.

"조선 시대의 역사책이야. 이긍익이라는 사람이 썼는데, 조선 시대 사람들이 어떻게 살았는지 당시의 역사와 문화를 기록한 중요한 자료지. 진짜 천백 번이 아니라 많이 읽었다는 의미야."

"나는 《구소수간》이라는 책이 궁금해. 얼마나 재미있길래 그렇게 많이 읽으셨을까?"

지혜가 고개를 갸우뚱하며 물었다.

"책 이름이 좀 어렵지? 중국 송나라의 뛰어난 문인인 구양수와 소동파가 주고받은 편지를 모은 책이야. 너도 읽고 싶니?"

책냥이가 묻자, 지혜가 고개를 절레절레 저으며 말했다.

"나는 편지를 써 본 지도 오래된 것 같아."

그 순간, 충혈된 눈으로 《구소수간》을 읽고 있던 충녕 대군과 눈이 딱 마주쳤다. 충녕 대군은 아이들을 보고 놀라서 책을 떨어뜨렸다.

갑자기 책방 안이 캄캄해졌다.

"너무 깜깜해. 아무것도 안 보여!"

아이들이 불안해했다.

"걱정 마. 불이 켜질 거야."

책냥이가 웃으며 말했다. 책냥이 말이 끝나자마자 곧 책방 안이 밝아졌다.

"대체 어떻게 된 거야? 조금 전까지만 해도 충녕 대군이 여기 있었는데?"

일자가 두 눈을 비비며 주위를 둘러보았다.

"그러게, 불이 꺼지니까 무대가 사라진 것 같아."

무식이도 놀라서 두 눈을 휘둥그레 뜨며 말했다.

"세종대왕은 이 책방을 정말 좋아하시거든. 틈만 나면 이 책방에 오셔서 모습을 보여 주시지."

책냥이가 설명했다.

"나도 세종대왕 할아버지와 이야기해 보고 싶어. 아까 눈이 딱 마주쳤는데, 말 한번 걸어 볼 걸 그랬어."

지혜가 아쉬워했다.

"걱정 마. 너희가 세종대왕을 닮으려고 할수록, 책을 좋아할수록 세종대왕이 자주 너희를 보러 올 거야."

책냥이가 자신 있게 말했다.

"정말?"

아이들이 동시에 물었다. 잠시 고민하던 무식이가 뭐 대단한 걸 알아차리기라도 한 듯 말했다.

"책냥아, 세종대왕이 《구소수간》을 그렇게 많이 읽었다면, 잠결에라도 책 내용을 다 알 것 같아. 어느 쪽, 어느 줄에 무슨 글자가 있는지 절대 까먹지도 않을 테고 말이야."

"맞아. 임금이 되어서도 이치를 꿰뚫어 알 때까지 여러 번 반복해서 책을 읽었다고 해. 그래서 어떤 책이든 제대로 알 때까지 반복해서 읽는 게 중요하단다."

책냥이가 힘주어 말했다.

"끄응. 나는 두 번 이상 읽은 책이 거의 없는데……."

무식이가 머리를 긁적이며 말했다.

"그렇다고 모든 책을 그렇게까지 반복해서 읽을 필요는 없어. 무식이는 책을 재미있게 읽었는데, 내용을 잘 말하지 못한다고 했지? 그런 경우에는 내가 내용을 제대로 알고 있는지, 정확히 이해했는지 살펴볼 필요가 있어. 대충 읽으면 언뜻 재미있게 읽은 것 같지만 다시 떠올리기 힘든 경우가 많거든."

"맞아, 후루룩 읽어서 그런지, 스르륵 사라지는 것 같아."

무식이가 고개를 끄덕이며 말했다.

"후훗, 세종대왕은 정말 책을 깊이 읽으셨대. 그냥 눈으로만 훑어보는 게 아니라, 책 내용을 완전히 꿰뚫어 보셨지."

책냥이가 아이들을 보며 빙그레 웃었다.

"맞아. 나도 교과서를 하루에 몇 번씩 반복해서 읽으면 진짜 우등생이 될 것 같아. 세종대왕이 어릴 때 우리 학교에 다녔다면, 전교 일등은 따 놓은 당상이었을 거야."

무식이 말에 일자가 눈을 흘기더니 책냥이에게 물었다.

"참, 책냥아! 세종대왕은 어릴 때부터 책을 몇 시간이나 읽으셨대? 반복해서 읽으려면 시간이 많이 걸릴 텐데, 언제 밥 먹고 놀았을지 궁금해."

"책을 집중해서 읽으려면 시간이 많이 필요하지.《태종실록》18년 6월 10일자를 보면, 어린 세종은 밤 2경이 되어서야 책을 덮었다고 해. 어린 세종을 키운 유모가 말한 내용이야."

"2경이면 몇 시야?"

지혜가 시계를 보며 물었다.

"조선 시대에는 하룻밤을 다섯으로 나눈 5경법을 사용했어. 1경은 저녁 일곱 시에서 아홉 시 사이, 2경은 아홉 시에서 열한 시 사이, 3경은 열한 시에서 새벽 한 시 사이, 4경은 한 시에서 세 시 사이, 5경은 세 시에서 다섯 시 사이를 말해. 그러니까 늦어도 열한 시까지 책을 읽었던 거야."

"헐, 정말 책과 함께 사셨구나."

무식이가 감탄하자 지혜와 일자도 고개를 끄덕였다.

"그뿐만이 아니야. 세종대왕은 임금이 된 후에도 손에서 책을 놓지 않았고, 식사할 때도 꼭 좌우에 책을 펼쳐 놓으셨대. 밤중에도 책을 읽으셨다고 하니(세종 5년 12월 23일 기록), 정말 책을 사랑하신 거지."

"히히. 나는 책을 너무 안 읽어서 엄마가 식탁에 책을 올려

놓으시는데.”

일자가 말하자 모두 웃었다.

“책냥아, 너는 책을 어떻게 읽어?”

지혜가 문득 책냥이의 독서법이 궁금한지 물었다.

“나도 좋아하는 책은 여러 번 읽어. 지금도 예전에 읽었던 그림책을 다시 꺼내서 읽곤 해. 천천히 여러 번 읽다 보면 책을 더 깊게 이해할 수 있거든. 처음에 놓친 부분이나 이해하지 못한 부분을 다시 살펴볼 수도 있고. 나 이래 봬도 세종대왕이 사랑한 냥현전 책냥이야.”

책냥이는 목도 마르지 않는지 쉴 새 없이 이야기했다.

“책 읽기는 마치 우리 학교 운동장 같아. 처음엔 흙먼지 가득한 운동장만 보이는데 계속 보다 보면 풀도 보이고, 꽃도 보이고, 개미도 보이거든. 책도 반복해서 읽다 보면 새로운 것들이 보일 거야.”

일자가 눈앞에 운동장이 있는 듯 손짓을 하며 설명했다.

“오호, 일자가 시인이구나. 멋진 표현이야.”

책냥이가 칭찬하자 지혜와 무식이가 박수를 쳤다.

“책냥아, 어떤 책은 계속 읽고 싶지만, 어떤 책은 보기만 해도 싫고 두 번 다시 읽기 싫기도 해.”

지혜가 고민스러운 듯 말했다.

"괜찮아, 지혜야. 읽기 싫은 책을 억지로 읽을 필요는 없어. 정말 읽고 싶은 책이나 더 알고 싶은 책이 있다면 반복해서 읽는 걸 추천해."

책냥이가 지혜의 어깨를 토닥였다.

"나는 두꺼운 책은 잘 못 읽겠어. 얇은 책은 앉은자리에서 다 읽을 수 있는데, 두꺼우면 언제 다 읽나 싶어 읽기 싫어지더라고. 그래도 오늘부터는 두꺼운 책도 도전해 보고 싶어."

무식이가 두 눈을 반짝이며 말했다.

"무식아, 읽기 어려운 책은 계획을 세워서 읽어 보렴. 하루에 몇 쪽을 읽겠다고 독서 목표를 세우는 거지. 책 읽을 시간과 분량을 정해서 날마다 꾸준히 읽는 게 중요해. 빨리 읽으려고 책장을 마구 넘기지 말고, 글의 뜻을 새기면서 천천히 읽어 봐."

"책냥이 말대로 오늘부터 날마다 독서 시간과 읽을 분량을 정해서 읽어 봐야겠다."

"그래, 너희는 이제 세종책방 회원이니까 책을 잘 읽을 수 있을 거야. 처음부터 너무 욕심내지 말고, 실행할 수 있는 목표를 세워 봐. 학교 가기 전이나 잠자기 전, 하루 열 쪽 또는

스무 쪽을 읽겠다고 정하고 무슨 일이 있어도 지키려고 노력해. 그렇게 하다 보면 점점 책 읽는 재미를 느끼게 될 거야."

책냥이가 말을 마치고는 무식이를 향해 찡긋 웃었다.

일자와 지혜, 무식이는 책냥이와 많은 이야기를 나눈 후 헤어졌다. 책냥이는 아이들이 사라질 때까지 손을 흔들며 배웅했다.

읽고도 뭘 읽었는지 모르겠어!

어떤 걸 여러 번 보면 처음 봤을 때와 다르게 느껴질 때가 있어요. 날마다 보는 친구도 가끔 새롭게 보이듯이, 책도 여러 번 읽으면 처음과 다른 느낌을 받을 수 있지요. 책을 반복해서 읽으면 어떤 점이 좋을까요?

1. 처음에 이해하지 못한 내용을 더 잘 이해할 수 있어요.
2. 글쓴이의 생각을 더 잘 알 수 있어요.
3. 내용을 오래 기억하고 쉽게 떠올릴 수 있어요.
4. 새로운 단어나 문장을 배우면서 읽는 실력이 좋아져요.
5. 같은 책에서도 새로운 의미를 찾을 수 있어요.

이처럼 책을 반복해서 읽으면 읽는 힘도 길러지고, 책의 내용을 더 잘 이해할 수 있어요.

3장
용의 정체를 밝혀라

"얘들아, 이리 모여 봐! 대박 소식이 있어, 대박 소식!"

무식이는 교실로 들어서자마자 책가방도 제대로 두지 않고 아이들을 불러 모았다.

"외계인이라도 나타났어?"

"웬 호들갑!"

아이들은 한마디씩 하며 모여들었다.

"책냥이라는 고양이가 조선 시대부터 지키는 비밀 책방이 있는데, 그 책방에 가면 세종대왕 할아버지도 만날 수 있어!"

무식이가 잔뜩 들떠서 이야기했다.

"뭐, 그게 말이 돼?"

아이들은 발을 구르며 크게 웃었다.

"흥, 일자랑 지혜도 같이 갔거든! 하긴 그 책방이 아무한테나 보이는 건 아니지!"

무식이는 아이들이 믿지 않자, 일자와 지혜에게 도움을 요청하는 눈빛을 보냈다. 그 순간, 선생님이 교실에 들어섰고 아이들은 재빨리 자리에 앉았다.

"오늘은 우리 한글에 대해 알아볼 거예요. 한글이 다른 문자보다 어떤 점이 더 우수할까요?"

"멍멍멍, 꼬끼오~ 무엇이든 표현할 수 있어요."

통달이가 동물 소리를 흉내 내며 말했다.

"네 방귀 소리도 적을 수 있지."

무식이가 장난스럽게 말하자, 아이들은 큰 소리로 웃었다.

"배우기가 엄청 쉬워요."

"어떤 소리든지 글자로 적을 수 있어요."

아이들은 자신의 생각을 신이 나서 발표했다.

"한글의 우수성을 잘 알고 있네요. 어제 과제로 내준 '세종 대왕 한글 창제 과정'을 읽고 궁금한 점이 있으면 질문해 보세요. 누가 먼저 발표해 볼까요?"

선생님의 말에 지혜가 주위를 둘러보더니 손을 들었다가 살짝 내렸다. 선생님이 그 모습을 보고 지혜에게 물었다.

"지혜는 책을 읽으면서 궁금한 점이 있었나요?"

"네, 저기…… 세종대왕의 한글 창제는 정말 위대한 것 같아 감동했어요."

지혜는 얼굴을 붉히며 말했다. 아이들도 고개를 끄덕였다.

그때 무식이가 책상을 두드리며 외쳤다.

"선생님, 저는 세종대왕이 지구 최고의 천재 같아요. 정말 업적이 어마어마하잖아요!"

"야, 최무식! 지구가 아니라 우주 전체를 통틀어 최고야. 요즘 최고 인기 아이돌보다 내 마음을 더 흔들어."

일자가 무식이보다 더 큰 목소리로 외쳤다.

"하하하."

"크크크, 일자가 세종대왕을 사랑하나 봐."

아이들은 일자의 말에 큰 소리로 웃었다.

"세종대왕을 존경하는 여러분의 마음이 잘 느껴지네요. 아마 대한민국 국민이라면 모두 세종대왕을 존경할 거예요. 이제 책을 읽고 궁금한 점을 찾아보세요. 책을 그냥 읽기만 하지 말고 읽으면서 궁금한 점을 생각하고 스스로 답을 찾아보는 게 훨씬 중요해요."

선생님이 힘주어 말했다.

"선생님, 왜 그냥 책을 읽기만 하면 안 되죠? 왜 궁금한 점을 생각해 봐야 하나요?"

무식이가 질문하자 반 아이들의 눈길이 무식이에게 한꺼번에 쏠렸다.

"우아, 무식이가 질문하네!"

"무식이가 웬일이니?"

무식이는 아이들을 향해 손을 흔들며 우쭐해했다.

"책을 읽으면서 질문을 던지는 이유는 여러 가지가 있어요. 혹시 미술관에 가 본 적 있나요?"

"네!"

"저는 미술관에서 10분 만에 나와요."

"나는 미술관에 가면 볼 게 정말 많던데……."

모두 자기 경험을 각자 이야기했다.

"미술관에서 그림을 대충 훑어보는 어린이도 있지만, 그림의 색깔이나 표정을 고민하면서 감상하는 어린이도 있어요. 호기심을 가지고 감상하면 한 작품 앞에서 오래 머물게 되죠."

아이들은 초롱초롱한 눈으로 선생님 말씀에 귀를 쫑긋 기울였다.

"책도 마찬가지예요. 호기심을 가지고 책을 읽으면 질문할 거리가 많아져요. 등장인물이 왜 이렇게 생각했을까? 왜 이런 행동을 했을까? 이 상황에서 나라면 어떻게 말했을까? 책을 읽으면서 질문하고 답을 찾아가는 과정에서 집중력과 사고력이 좋아지고 책을 더 깊이 이해할 수 있어요. 지금 하는 공부도 마찬가지예요. 공부란 무엇일까? 나는 왜 공부를 할까? 이런 의문을 가지고 스스로 질문해 보세요. 자기 주도적

으로 답을 찾아가다 보면 여러분의 삶이 더욱 풍요로워질 거예요."

선생님은 질문의 중요성을 강조하며 말했다.

"지혜야, 오늘 엄마랑 할머니한테 가야 해. 엄마가 밖에서 기다리고 계셔서 먼저 갈게. 책방은 다음에 같이 가자."

지혜는 일자와 헤어져 혼자 집으로 가다가 오늘 수업 시간에 있었던 일을 떠올렸다.

'무식이도 질문하는데, 나는 왜 질문할 내용이 하나도 떠오르지 않는 걸까? 책을 많이 읽어도 질문할 내용을 찾기가 이렇게 어려울 줄이야. 에휴⋯⋯.'

손을 들었다가 바로 내렸던 일을 아쉬워하며 무심코 걷다 보니 세종책방 앞에 서 있었다.

"어? 여기 세종책방이네!"

지혜는 반가운 마음에 책방 문을 열고 안으로 들어갔다. 책 냥이가 반갑게 맞아 주었다.

"오, 내가 올 줄 어떻게 알았어? 오늘은 일자가 엄마랑 할머니 만나러 가서 혼자 왔어."

지혜는 책냥이가 건네는 냥냥 음료수를 마시며 책방을 둘러보았다.

"와, 시원하다! 나 저기 앉아서 책 읽어도 돼?"

"그럼, 언제든지 환영이지!"

책냥이가 눈을 찡긋하며 말했다.

"오늘 수업 시간에 선생님이 세종대왕 할아버지의 한글 창제에 관한 책을 읽고 궁금한 점을 질문하라고 했는데 아무 생각이 안 나는 거야. 갑자기 머리를 망치로 한 대 맞은 기분이었어."

"그 정도였어?"

"응, 그렇다니까. 그동안 책을 어떻게 읽었나 생각해 보니까, 공부하려고 읽었던 것 같아. 줄거리 요약하고 주제 찾고,

그게 다였어. 스스로에게 질문을 던지며 책을 읽어 본 적이 없더라고."

지혜가 한숨을 푹 쉬었다.

"세종대왕은 책을 읽거나 어떤 일이 있을 때, 자신의 생각뿐만 아니라 여러 사람의 생각을 들으려고 질문을 많이 했어. 회의할 때도 신하들에게 끊임없이 물었지. '경들의 생각은 어떠하오? 과인이 보기에는 이런데, 경들의 의견은 어떠하오?' 이런 식으로 말이야."

숨이 가쁜지 '휴' 한숨을 쉬더니 책냥이가 말을 이어 갔다.

"이렇게 세종대왕은 많은 질문을 하며 신하들의 생각을 듣고 이를 바탕으로 나라를 다스리는 정책을 만들었어. 자신의 생각이 옳다고만 고집하지 않고, 열린 마음으로 더 나은 방안을 찾으셨던 거야. 내 생각이 가장 훌륭해 보여도, 새로운 각도에서 낯설게 바라보고 질문해 보면서 더 좋은 생각을 찾아갔던 거지."

책냥이는 말하면서 책의자를 가리켰다. 지혜가 의자로 다가가 앉으려는 순간, 갑자기 '슉' 소리와 함께 회오리바람이 일었다. 그러고는 순식간에 회오리바람 속으로 빨려 들어갔다.

"어, 이게 뭐지?!"

세종대왕이 노인에게 묻고자 하는 내용은 아래와 같았다.

- 용의 크고 작음과 모양과 빛깔 등 다섯 마리 용의 형체를 분명히 살펴보았는가.
- 용의 전체를 보았는가, 머리나 꼬리를 보았는가, 다만 허리만 보았는가.
- 용이 승천할 때 안개와 천둥과 번개가 있었는가.
- 용이 처음에 뛰쳐나온 곳이 물속인가, 수풀인가, 들판인가.
- 용이 하늘로 올라간 곳이 마을에서 얼마나 떨어졌는가.
- 구경하던 사람이 있던 곳과는 거리가 또 몇 리나 되는가.
- 용 한 마리가 빙빙 돈 것이 한참 되는가, 잠시인가.
- 용이 이처럼 하늘로 올라간 적이 그 전후에 또 있었는가.
- 이 일이 벌어진 시간과 장소는 어떻게 되고 같이 본 사람은 누구인가.

최해산은 제주로 돌아가 노인을 만나 세종대왕의 질문을 꼼꼼히 확인하고, 그 결과를 임금에게 보고했다.

"병진년 8월에 다섯 마리 용이 바다에서 솟아 올라 그중 네 마리 용이 하늘로 올라갔는데, 구름과 안개가 가득하여 용의 머리는 보지 못했다고 합니다. 나머지 용 한 마리는 해변에 떨어져 금물두에서 농목악까지 뭍으로 이동했는데, 비바람이 세게 일더니 결국 하늘로 올라갔다고 합니다. 그 전후에는 용의 형체를 본 적이 없답니다."

세종대왕이 미소를 지으며 말했다.

"허허, 구름과 안개의 모양을 용의 형체로 착각했군. 자연 현상일 뿐이니 백성들이 괜스레 걱정하거나 놀라지 않게 잘 설명해 주도록 하시오."

"네, 알겠습니다. 시골 노인의 말을 이렇게 세심하게 경청해 주셔서 감사합니다."

"허허허, 이 나라에 살고 있는 모든 백성 한 명 한 명이 전부 소중하오."

세종대왕은 안무사의 두 손을 따뜻하게 잡으며 말을 계속 이었다.

"안무사, 여기까지 오느라 수고가 많았소. 자신이 맡은 일에 책임을 다하는 마음이 훌륭하오. 다시 바다를 건너가야 하니 길이 멀고 험하겠소. 편안하게 쉬었다가 돌아가도록 하오."

안무사는 세종대왕의 따뜻한 말씀에 감격해 큰절을 올렸다.

신하들이 물러가고, 지혜와 어린 내관만 남았다. 지혜는 어찌할 바를 몰라 내관의 옷자락을 살짝 잡고 있었다. 세종대왕이 지혜를 보고 손짓하며 말했다.

"세종책방 회원 지혜구나. 어서 오너라."

"어머나, 저를 알아봐 주시다니!"

지혜는 깜짝 놀라며 세종대왕을 바라보았다.

"그럼, 이도초등학교 6학년 마지혜. 나는 세종책방의 모든 회원을 잘 알고 있단다. 책을 잘 읽고 싶어 하는 어린이들은 이렇게 내가 사는 궁에도 올 수 있지."

"영광입니다, 세종대왕! 아니, 세종 할아버지, 아니 주상 전하! 책이나 그림으로만 보다가 이렇게 실제로 뵙게 되니 너무 신기해요."

"허허, 그냥 할아버지라고 부르렴. 지혜와 오래 있고 싶지만 아쉽게도 집현전에서 회의가 있어 이제 가 봐야 한단다. 나중에 또 보자꾸나. 내관, 지혜에게 따뜻한 궁중차 한잔 가져다주시오. 지혜야, 나중에 또 보자."

조금 전까지 지혜 옆에 있던 내관이 총총걸음으로 궁중차를 가지고 왔다.

지혜는 달콤 쌉싸름한 궁중차를 한 모금씩 아껴 가며 마셨다. 온몸이 따뜻해지며 두 눈이 점점 감겼다.

"지혜야, 지혜야, 일어나."

책냥이가 의자에 앉아 잠든 지혜의 어깨를 흔들어 깨웠다.

"어머, 내가 잠들었나 봐! 책냥아, 방금 세종대왕 할아버지를 만나고 왔어!"

지혜는 그림 속 세종대왕을 바라보았다. 그러자 세종대왕이 장난스럽게 한쪽 눈을 찡긋하며 웃었다.

"그랬구나. 지혜가 세종대왕을 무척 만나고 싶어 했구나. 그래서 무슨 이야기를 나누었니?"

"시골 노인의 이야기도 귀담아들어 주시고, 사실을 확인하려고 이모저모 질문하신 게 정말 인상 깊었어. 남들은 흘려들었을 이야기도 차근차근 살피시더라고."

"오호, 세종대왕이 질문하시는 모습을 보았구나."

"응, 시골 노인의 말일지라도 허투루 듣지 않는 모습이 참 감동적이었어. 다른 임금이라면 이름도 모르는 평범한 노인의 말은 아예 신경 쓰지도 않았을 거야. 아니면 신하들에게 알아보라고 명령했겠지."

"맞아. 그래서 세종대왕이 백성을 사랑하는 최고의 성군이시지."

책냥이가 웃으며 말했다.

"책에서 읽었던 것보다 더 대단해 보이셨어. 책에서 모든 백성이 배불리 먹고 지혜로워지길 바라는 마음에서 어떤 일을 하셨는지를 봤어. 직접 만나 보니 백성을 사랑하는 마음이 더욱 깊으신 것 같아."

지혜는 잔뜩 들떠서 계속 말했다.

"무엇보다 세종대왕 할아버지가 용이 나타났다는 보고를 받고, 그것을 확인하느라 꼼꼼히 질문하는 모습이 정말 놀라웠어. 질문을 하면 더 자세히 알 수 있더라고."

"우리 지혜! 하나를 배우면 열을 아는구나. 맞아, 책을 그냥 훑어보듯 읽으면 아무것도 남지 않아. 세종대왕처럼 천천히, 꼼꼼히 읽으면서 의문을 갖는 태도가 필요해. 그러려면 의문 나는 점을 질문으로 만들어 보고, 다시 그 질문에 대한 답을 찾으며 읽어야 해. 그럼 책이 말하려고 하는 숨은 뜻까지 알게 될 거야."

"책냥아, 네 말처럼 이제부터 글쓴이의 주장이 맞는지, 앞

뒤 내용이 잘 이어지는지 등을 끊임없이 질문하며 읽어야겠어. 그래야 읽은 책의 내용을 더 잘 알 수 있을 테니까. 오늘은 세종대왕 위인전을 빌려 갈게."

지혜는 세종대왕 그림을 바라보며 마음속으로 말했다.

'세종대왕 할아버지, 오늘 제주 할아버지의 용 이야기를 잊지 않을게요. 저도 질문 잘하는 아이가 될 테니 저를 꼭 기억해 주세요.'

지혜는 세종대왕 위인전을 품에 안고 집으로 향했다.

끊임없이 물어야 한다고?

질문하며 글을 읽으면 내가 무엇을 알고, 무엇을 모르는지 알 수 있어요. 또 글의 맥락을 더 쉽게 이해하고 오래 기억할 수 있지요. 호기심을 가지고 글을 읽으며 궁금한 점은 질문으로 만들어 보세요. 그 답을 찾는 과정에서 생각하는 힘도 커져요.

❶ 사건과 배경 맥락
- 가장 중요한 사건은 무엇인가요?
- 이 사건은 왜 일어났나요?

❷ 인물
- 주인공은 누구이고, 어떤 성격을 가졌나요?
- 주인공을 도와주는 사람과 방해하는 사람은 누구인가요?
- 주인공의 성격이 달랐다면 이야기는 어떻게 바뀌었을까요?

❸ 시간과 공간
- 이 사건이 일어난 시간과 장소는 어디인가요?
- 사건이 다른 장소나 시간에 일어났다면 어떻게 달라졌을까요?

❹ 주제
- 이 이야기의 주제는 무엇이라고 생각하나요?
- 이 이야기에서 무엇을 배웠나요?

신라의 일식과 백제의 일식

"야, 최무식! 축구하자!"

통달이가 운동장을 가로지르며 무식이를 불렀다.

"최무식!"

무식이는 통달이가
부르는 소리를 듣지 못
했는지 아무런 반응도
없었다.

'이상하네. 무식이가
요즘 축구도 빠지고 어
디를 가는 거야? 설마

나 빼놓고 다른 애들이랑 어울리는 거 아니겠지?'

통달이는 무식이 뒤를 따라가 보기로 마음먹었다.

"얘들아, 미안해! 엄마가 오늘 일찍 오랬는데 깜빡했어."

통달이가 이렇게 말하고 자리를 뜨자 운동장에서 축구를 하려고 모인 아이들이 한마디씩 불만을 터뜨렸다.

"야, 배통달! 골키퍼가 어디 가는 거야?"

"배통달, 진짜 의리 없네."

통달이는 그 소리를 뒤로하고 무식이 뒤를 바짝 쫓았다. 통달이는 들키지 않으려고 조심스럽게 따라가다 골목에 숨어 무식이가 어디로 가는지 지켜보았다. 무식이는 뒤도 한 번 돌아보지 않고 낡은 건물로 들어갔다.

'저기가 어디지? 세종책방? 전에 무식이가 자랑하던 곳이네. 만화책 사러 가는 건가?'

무식이가 건물 안으로 사라지자, 통달이도 책방 쪽으로 향했다.

'분명 여기쯤이었는데, 무식이가 여기서 안으로 들어갔는데……'

통달이가 두 눈을 씻고 쳐다봐도, 휴대폰으로 위치 검색을 해 봐도 세종책방은 보이지도, 검색되지도 않았다.

'이상하네. 분명 여기쯤이었는데……. 내가 잘못 본 건가? 다시 축구나 하러 가야겠다.'

통달이는 고개를 갸웃거리며 학교 운동장으로 다시 발걸음을 돌렸다.

다음 날, 수업 시간.

"여러분, 오늘 독서 시간에는 여러분이 평소에 책을 어떻게 읽는지 발표해 볼까요?"

선생님의 말이 끝나자마자 지혜가 손을 번쩍 들었다.

"저는 요즘 '등장인물은 왜 이런 행동을 했을까? 이 장소는 주인공에게 어떤 의미가 있을까?'를 생각하면서 책을 읽어요. 스스로 질문하고 답을 찾아가는 재미를 알게 되었습니다."

"와, 지혜는 역시 지혜로워!"

일자가 깜짝 놀란 표정으로 지혜를 향해 방긋 웃었다.

"저는 책을 읽기 전에 책을 왜 읽는지 목적을 생각해 봐요. 새로운 것을 알기 위해서인지, 재미를 위해서인지에 따라 읽는 방법도, 읽는 태도도 다르거든요."

일자도 일어나 자신 있게 말했다. 그러자 무식이도 이에 질세라 벌떡 일어났다.

"저는 내용을 이해하기 힘들면 여러 번 읽어요. 그러니까 책을 한 번 읽을 때, 두 번 읽을 때, 여러 번 읽을 때 내용도 다르게 느껴지고 더 잘 이해하게 되는 것 같아요."

아이들의 발표를 듣던 통달이는 얼굴이 점점 어두워졌다.

'쟤네들끼리 모여 비밀 독서 과외를 받는 게 분명해. 축구팀 무식이가 나를 배신하다니.'

"배통달! 통달이는 평소 책을 어떻게 읽는지 발표해 볼까요?"

선생님이 갑자기 질문을 하자 통달이는 허둥지둥하며 말했다.

"저는 바른 자세로, 한 글자도 빼놓지 않고 읽어요."

"와, 통달이가 한 글자도 안 빼먹어서 통달했나 보다."

"하하하."

누군가 농담을 하자 교실은 금세 웃음바다가 되었다.

"여러분 모두 책 읽는 방법을 잘 이야기했어요. 책을 올바른 자세로 읽는 것도 중요합니다. 천천히 읽기, 여러 번 읽기, 질문하며 읽기 모두 중요하죠. 글쓴이의 주장은 무엇인지, 어떤 근거를 제시했는지, 논리적으로 옳은지, 이런 생각들을 하며 비판적으로 읽는 것도 필요하고요. 특히 글 속에 숨겨진 의미나 글쓴이가 왜 그런 표현을 썼는지도 생각해 보면 더 깊이 있게 읽을 수 있어요."

통달이는 선생님의 말씀을 듣고 자신은 어떻게 책을 읽는지 되돌아보았다.

'한 글자도 빼놓지 않고 읽는 것도 중요하지만, 더 중요한 읽기 방법이 있는 것 같아. 나도 책을 제대로 읽고 싶어. 선생님께서 비판적으로 읽으라는데, 어떻게 읽어야 비판적으로 읽는 건지 모르겠어. 글쓴이의 의도를 생각하면서 읽어야 하는 건가? 아니면 다른 시각에서 읽어야 하는 건가? 이 두 가지 모두겠지?'

통달이는 수업이 끝난 후, 축구하는 것도 잊고 책 읽기 방법을 생각하며 터덜터덜 걸었다. 학교를 나와 몇 개의 건물을 지나 횡단보도를 건넜다. 머릿속엔 선생님이 해 주신 말들이 맴돌았다. 왼쪽 골목으로 가려는데, 어제 무식이가 들어갔던 책방이 갑자기 눈앞에 나타났다.

'어라? 세종책방! 여기 있었구나.'

주변을 둘러보니 어제 본 길이었다.

'이상하다. 어제 무식이를 따라갔을 때는 분명히 안 보였는데……'

통달이는 고개를 갸웃하며 책방을 바라보았다. 작고 오래된 낡은 간판에 '세종책방'이라는 글자가 적혀 있었다. 통달이는 갑자기 나타난 책방을 보고 꿈속에 들어온 듯 신기한 마음으로 조심스레 문을 밀고 들어갔다.

"어라! 우리 책방을 잘 찾아왔구나. 네 이름은 뭐니?"

마치 자신을 기다리고 있었다는 듯 반갑게 맞이하는 책냥이에게 통달이도 익숙한 장소에 온 듯 말했다.

"나는 배통달, 무식이 친구야. 무식이가 학교에서 여기 자랑 엄청 했는데, 이제야 와 보네. 네가 책냥이구나?"

"그래, 잘 찾아왔어. 무식이가 여기 홍보를 아주 잘했구나."

통달이는 책냥이와 인사를 나누며 책방 이곳저곳을 구경했다. 책방은 밖에서 보는 것보다 훨씬 넓고 깨끗했다.

"바깥에서 볼 때는 무슨 옛날 물건 파는 곳인가 했는데, 들어와 보니 도서관 같고 좋아. 마치 역사 드라마 촬영장에 와 있는 것 같기도 해."

통달이는 책방 곳곳에 놓인 도자기와 나무 장식장을 처음보는 듯 오랫동안 바라보았다. 책방 안에는 창가에 편안하게 앉아서 책을 읽을 수 있는 책상과 의자, 앉아만 있어도 잠이 솔솔 올 것 같은 폭신한 의자, 한쪽 구석에는 음료수와 과일이 들어 있는 냉장고와 과자가 놓인 탁자가 있었다.

"세종대왕 할아버지 그림이 있는 걸 보니 여기가 왜 세종책방인지 알겠어."

통달이가 웃으며 말했다.

"하하, 역시 통달이답구나. 세종대왕은 자나 깨나 백성을 위해 사셨지. 세종대왕께 조금이라도 은혜를 갚으려고 책 고민이 있는 아이들을 위해 책방을 열었어. 통달이가 세종책방 주인이라고 생각하고 마음껏 구경하렴."

책냥이가 의기양양하게 말했다.

"와, 세종책방 최고다. 뭐든 마음껏 해도 되는구나."

"흠흠, 그럼! 세종책방 회원 가입만 하면 말이지."

책냥이가 회원 카드를 내밀었다.

"회원 가입?"

"회비는 없어, 완전 무료!"

통달이는 회비를 받지 않는다는 말에 좋아서 입꼬리가 쭉 올라갔다.

"나는 책 읽는 것을 좋아해. 독서 감상문도 잘 쓰고. 그런데 요즘 책을 읽을 때 뭔가 다른 읽기 방법이 있지는 않을까, 책 내용이 전부 사실일까 하고 생각하게 돼."

책냥이는 통달이의 고민을 들으며 고개를 끄덕였다.

"책을 꼭 이렇게 읽어야 한다는 법은 없어. 책 종류도 엄청 많고, 독자도 다양하니까. 그런데 너처럼 이 책 내용이 진짜 일까 하고 의문이 들 때, 꼭 알맞은 독서법이 있지."

책냥이의 말에 통달이는 두 눈을 반짝였다.

"세종대왕 독서법이야."

"세종대왕의 독서법이 있다고?"

통달이가 놀란 얼굴로 물었다. 책냥이는 장난스럽게 손뼉을 몇 번 치더니 오른손으로 책의자를 가리켰다. 통달이는 얼떨결에 박수를 따라 치며 책냥이가 가리키는 책의자에 앉았다. 그러자 이번에도 어김없이 회오리바람이 불었다.

"아야!"

책방은 궁궐로 바뀌었다. 통달이는 꿈인가 생시인가 싶어 자신의 볼을 꼬집었다.

세종대왕이 한 신하에게 말을 하고 있었고, 통달이 옆으로 내관들이 지나갔지만 아무도 통달이를 알아보는 사람이 없었다.

'내가 투명 인간이 된 건가?'

통달이는 어리둥절해하며 눈앞의 광경을 바라보았다.

통달이는 그 광경을 보며 가슴을 쓸어내렸다.

그때, 다시 한번 뭔가가 통달이를 휩쓸고 지나갔다. 통달이가 어질어질해서 두 눈을 꾹 감았다가 다시 뜨자, 색다른 광경이 펼쳐졌다.

'여기는 또 어디지? 아까와 장소가 다른데? 역사책에서 본 장면 같아. 임금님과 신하들이 공부하는 곳, 경연장이잖아!'

세종대왕과 신하들이 책을 펼쳐 놓고 대화를 나누고 있었다. 통달이는 그 모습을 흥미롭게 지켜보았다.

"중국 최고의 시집이라는 《시경》의 〈시월〉 편을 보면 신라에서는 일식이 있었는데, 백제에서는 기록이 없었소. 또 반대로 백제에서는 일식이 있었는데 신라에서는 없었고. 같은 땅인데, 신라에는 일식이 있고 백제에는 없다는 게 이상하지 않소?"

"노나라에 일식이 있었는데 제나라에는 없었고, 제나라에 일식이 있으면서 노나라에 없었던 경우란 있을 수가 없습니다."

김돈이라는 신하가 말했다.

'서울에는 일식이 있는데 부산에는 일식이 없다니, 어처구니없는 말이잖아. 그런 이야기가 저 책에 적혀 있나 보다. 아휴, 내가 더 답변을 잘하겠네.'

세종대왕과 신하들이 나누는 대화를 들으며 통달이는 우쭐해졌다.

신하들이 모두 물러가고 세종대왕이 혼자 남아 있었다.

'무얼 하시려는 걸까?'

통달이는 궁금해서 세종대왕 가까이 다가갔다.

"배통달, 나는 네가 다 보인다."

"앗, 제가 보인다고요?"

통달이는 어찌할 바를 몰라 안절부절못했다.

"껄껄껄. 너는 나에게만 보인단다. 아무도 보지 못했을 거야. 편안하게 앉거라."

"휴, 깜짝 놀랐어요."

"나와 신하들의 대화를 들으면서 어떤 점을 느꼈니?"

통달이는 그제야 편안한 마음으로 이야기를 늘어놓았다.

"아까 우리 역사도 기록할 내용이 많다며, 제대로 적지 않거나 잘못된 부분은 보완하라는 말씀이 정말 감동적이었어요. 저는 그동안 책 내용은 다 좋은 거라고 생각하고 아무 생각 없이 그냥 읽었거든요."

"물론, 책은 유익하지만 천천히 읽으면서 그 내용이 정확한지, 이치에 맞는지 생각해 봐야 한단다. 또 다른 느낀 점은 없었니?"

"어떤 것이 맞거나 틀렸는지 알려면 지식을 정말 많이 쌓아야 한다고 생각했어요. 아무것도 모르면 판단할 수가 없으니까요. 이제 책 내용도 잘 기억하고, 글쓴이가 어떤 생각을 갖고 썼는지, 잘못된 사실은 없는지 여러 가지를 생각해 봐야겠어요. 우리 학교에 세종대왕 할아버지 위인전이 많은데, 어떤 책이 정확하게 썼는지, 혹시 잘못된 사실을 기록한 책은 없는지 비교하며 읽어 볼 거예요. 마치 탐정처럼 말이에요."

통달이는 어느새 자신도 세종대왕의 신하가 되어 공부하고 있는 듯한 기분이 들었다.

"그래, 통달아. 내 이야기를 쓴 책들을 비교해서 읽고 나에

많이 알아야 무엇이 맞고
무엇이 틀리는지 알 수 있겠네!

글쓴이가 어떤 생각을 갖고
썼는지, 잘못된 사실은 없는지
여러 가지를 생각해 봐야지!

게 꼭 이야기해 주렴."

"네. 그런데 나중에 여기를 어떻게 올 수 있어요?"

"통달이가 진심으로 책을 잘 읽고 싶다는 마음이 생길 때 세종책방으로 오렴. 그러면 책냥이가 이곳으로 보내 줄 거란다."

세종대왕은 병풍을 손으로 가리켰다. 병풍에는 세종책방 모습이 그려져 있었다.

"책냥이가 많이 기다리겠구나. 이제 저기로 가 보거라."

"세종대왕 할아버지, 오늘 정말 많이 배웠어요. SNS에 올리게 인증 사진 한 장 찍어 주세요. 아니면 이름이라도 써 주세요."

통달이가 간절한 눈빛으로 세종대왕을 바라보았다. 세종대왕이 통달이 이마를 손으로 꾸욱 눌렀다.

"SNS? 인증 사진? 무슨 말인지 모르겠구나. 책에서 한번 찾아봐야겠다. 대신 이마 도장을 찍어 주마. 눈으로 보면 아무것도 보이지 않겠지만, 마음으로 보면 내 모습과 내가 찍은 이마 도장이 선명하게 보일 거야. 잘 간직하렴."

통달이는 세종대왕에게 인사하고 병풍 가까이 갔다. 갑자기 큰길이 쭉 열리더니 저만큼에서 세종책방의 불빛이 보였

다. 통달이는 한걸음에 세종책방으로 뛰어갔다.

"통달아, 세종대왕을 만나서 궁금한 점은 알아보았니?"
"응, 정말 세종대왕 할아버지의 책 읽기는 남다른 것 같
아."
통달이가 세종대왕과 나눈 이야기를 떠올리며 말했다.
"실록의 내용처럼 모두가 같은 의견을 내더라도, 그 의견
이 옳은지 이모저모 따져 보는 것이 중요해. 그러면 생각지
도 못한 결론에 도달하거나 더 나은 의견을 발견할 수도 있
어. 책을 읽으면서 자신의 생각을 키우는 방법이 여러 가지
있지만, 특히 자신이 알고 있는 정보나 지식, 경험을 바탕으

로 한 비판적 읽기와 추론하며 읽기가 큰 도움이 된단다."

책냥이가 좀 더 말을 보탰다.

"책냥이 넌 정말 독서 선생님 같아. 이제부터 비판적으로 책을 읽어 봐야겠어."

통달이는 그림 속 세종대왕을 보며 결심했다. 세종대왕 할아버지가 자신을 응원해 주는 것 같아 마음이 벅차올랐다.

'세종대왕 할아버지, 저도 할아버지처럼 책을 잘 읽어서 우리나라에 도움이 되는 사람이 될게요.'

통달이는 책가방을 챙기며 벌떡 일어섰다.

"책냥아, 앞으로 자주 올게. 친구들에게도 세종책방을 많이 알릴게. 또 봐."

통달이는 책냥이를 향해 손을 흔들며 책방을 나왔다.

책 내용을 전부 믿어야 해?

책을 제대로 읽으려면 사실적으로 읽고, 추론하며 읽고, 비판적으로 읽어야 해요.

사실적으로 읽기는 책에 쓰여 있는 그대로 내용을 파악하고 이해하는 읽기를 말해요. 추론하며 읽기는 글에 쓰여 있지 않지만, 주인공이나 등장인물의 말이나 행동 같은 것을 보고 추측하면서 읽는 거예요.

비판적으로 읽기는 글의 내용이 맞는지 스스로 생각하면서 읽는 거예요. 사실과 의견을 구분하고, 글쓴이의 생각과 이유가 옳게 느껴지는지, 글에 틀린 내용이 있는지, 믿을 만한 자료를 썼는지도 확인해야 해요.

《심청전》을 읽고 다음 내용을 확인해 보세요.

- 주인공은 누구인가요?
- 심청이가 인당수에 빠지게 된 까닭은 무엇인가요?
- 공양미 삼백 석을 위해 목숨을 바치는 일이 흔했을까요?
- 선원들은 왜 심청이 부모님의 의견을 묻지 않았을까요?
- 심청이의 행동이 바람직한 효의 실천이라고 생각하나요?

이런 질문을 하면서 그 시대 상황이 어땠는지, 등장인물들은 어떤 생각과 가치관을 지녔는지 등을 추론하면서 비판적으로 읽어 보세요.

5장
임금의 독서

"창조야, 토요일 이른 아침부터 어디 가니?"

"통달이가 추천한 신기한 책방에 가려고요."

창조는 엄마에게 대답을 하고는 서둘러 세종책방으로 향했다.

창조는 친구들이 세종책방에 다니면서 변하는 모습을 보고는 궁금해서 참을 수가 없었다. 책방을 다녀온 친구들이 하나같이 책 읽는 재미에 빠진 모습이 신기했다. 그게 다 세종책방 덕분이라고 하니, 꼭 가 봐야겠다고 생각했다. 특히 통달이가 세종책방을 극찬하는 걸 보니, 창조는 책방이 어떤 곳인지 직접 알아봐야겠다고 마음먹었다.

'책에 대한 고민이 있어야 책방이 보인다고 했지? 나는 어떤 고민이 있을까?'

창조는 잠시 멈추어 서서 책 읽기에서 어떤 고민이 있는지 곰곰이 생각해 보았다.

'책을 읽는다고 무조건 좋은 걸까? 책을 읽으면 지혜로워지고 성장하는 걸까?'

이런 생각을 안고 집을 나섰지만, 책방이 정말 눈앞에 나타날지, 자신의 고민이 엉뚱한 건 아닌지 내내 불안했다. 창조는 주위를 두리번거리며 발걸음을 재촉했다. 조금 걷다 보니 드디어 책방이 보였다.

'앗, 다행이다. 책방이 보인다!'

창조는 문을 활짝 열고 큰 소리로 인사했다.

"안녕하세요! 저 통달이 친구 오창조예요."

안에서 아무런 소리도 들리지 않자 창조는 다시 목청을 높여 인사했다.

"안녕하세요?"

그러자 지하 어딘가에서 책방지기의 목소리가 들렸다.

"지금 지하실에서 책 정리 중이야. 책방 둘러보고 있어. 금방 올라갈게."

창조는 책방 구경을 시작했다. 옛날 두루마리 책부터 요즘 아이들이 좋아하는 책까지 다양한 책들이 눈에 띄었다. 통달이가 어찌나 자세히 책방에 대해 설명했던지, 몇 번 와 본 듯한 느낌마저 들었다.

'통달이는 정말 기억력이 대단해. 책의자 모습까지 동영상처럼 자세히 설명했네.'

창조는 책으로 만들어진 의자에 흥미를 느끼고 이리저리 살펴보았다. 책들을 촘촘하게 쌓아 만든 독특한 모양의 의자에서 눈을 뗄 수가 없었다.

'한번 앉아 볼까?'

창조가 조심스럽게 의자에 앉아 등받이에 편안하게 기대어 머리를 젖히고 위를 바라보았다. 그 순간, 그림 속 세종대왕과 눈이 마주쳤다.

'정말 살아 있는 세종대왕 할아버지처럼 보이네. 통달이가 세종대왕 할아버지를 진짜 만났다고 하더니, 너무 실감 나서 착각할 수도 있겠어.'

창조는 정신을 차리려고 몸을 흔들어 보았다. 하지만 눈꺼풀이 점점 무거워지면서 잠이 쏟아지기 시작했다. 그 순간, 의자에서 갑자기 회오리바람이 불었다.

"너는 어서 지방으로 떠날 채
비를 하거라."

누군가를 재촉하는 소리가 들
렸다.

창조는 누구에게 하는 말인지
궁금해 주위를 두리번거렸다.

"왜 이리 굼뜨게 행동하느냐? 어서 준비하지 않고."

창조는 그제야 자신이 궁궐에서 시중드는 아이로 변해 버
린 걸 깨달았다.

'어떡하지? 집에 빨리 가야 하는데. 이러다가 평생 궁궐에
서 심부름하면서 사는 건 아니겠지?'

창조는 생각만으로도 무서웠다.

"저는 조선의 어린이가 아니라 대한민국의 어린이예요. 집
으로 보내 주세요."

창조가 울면서 소리쳤지만, 몸이 얼어붙은 듯 움직이지 않
았다. 목소리도 제대로 나오지 않았다.

"어서 일어나."

책냥이가 창조를 흔들어 깨웠다.

"잠깐 사이에 잠이 들었나 봐."

"눈물범벅이 되었네. 무슨 꿈을 꾼 거니?"

"세종대왕 할아버지가 나오는 꿈을 꾸었어."

창조는 책의자에서 일어나 세종대왕 그림을 바라보았다. 그림 속 세종대왕은 마치 백성들의 농사가 잘 되기를 간절히 기도하는 할아버지처럼 보였다.

"책냥아, 너 그거 아니? 세종대왕 할아버지가 백성을 위해 농사책을 만들었어."

"후훗, 꿈에서 세종대왕을 직접 만났구나."

"응! 반 친구들의 말처럼, 세종대왕 할아버지가 여기에 계시는 것 같아."

"그럼, 진짜 여기 계셔. 잠깐이지만 세종대왕을 만난 거야."

"책냥아, 그 농사책이 궁금한데, 어떤 내용이 담겨 있는 거야? 너는 읽은 적 있어?"

"전국에 있는 담당 관리에게 명하여 경험 많은 농부들을 만나 농사에 필요한 이야기를 듣게 하셨지. 그러고는 집현전 학자들에게 그것을 바탕으로 우리나라 풍토에 맞는 농사법을 연구하게 하셨어. 세종대왕은 궁궐 안에서 직접 작물을

키우며 연구도 하셨어. 이렇게 해서 만들어진 책이 《농사직설》이야.

"아, 《농사직설》! 들어 본 적 있어."

"벼 재배하는 법, 농기구 사용법, 거름 주는 법 같은 농사에 필요한 기술들이 자세히 설명되어 있는 책이야. 그런데 그때는 아직 한글이 만들어지기 전이라 한문으로 적혀 있어 백성들이 쉽게 읽을 수 없었지. 그래서 관리들에게 먼저 책을 읽게 한 다음 농부들에게 설명해 주게 했단다."

"세종대왕 할아버지는 백성들을 위해 농사책을 읽는 것도 마다하지 않으셨구나."

창조가 고개를 끄덕이며 말했다.

"세종대왕은 정사를 보기 전이나 하루 일과를 마친 후에도 틈날 때마다 책을 가까이하셨어. 백성들의 삶에 도움이 된다면 농업 관련 책, 과학 관련 책 등 분야를 가리지 않으셨지."

"세종대왕 할아버지는 자나 깨나 백성을 위해 책을 보며 연구하셨구나."

창조가 세종대왕 그림을 보며 말했다.

"맞아! 세종대왕의 백성을 한없이 사랑하는 마음과 융합 실용 독서 덕분에 한글은 물론 측우기 같은 수많은 업적이 나올 수 있었지."

"융합 실용 독서? 그런 말 처음 들어 봐."

창조는 책냥이 쪽으로 의자를 바짝 끌어당기며 말했다.

"융합 실용 독서란 책 한 권을 읽는 데서 끝내지 않고 읽은 책을 또 다른 책이나 지식과 연계하고 융합해서 새로운 것을 창조하는 독서를 말해. 예를 들어, 다른 나라의 천문학 책을 읽고 연구해서 우리의 기후와 풍토에 맞는 물시계인 자격루를 만든 것처럼 말이야. 더 나아가 우리 식 역법서인 《칠정산》 내외편도 펴냈단다."

"세종대왕은 다른 나라 것을 그대로 따라 하기보다 우리나라 실정에 맞게 만들어 내셨구나."

"맞아! 너도 책을 읽고 다른 책과 연결해서 새로운 의미를 만들어 보거나 현실에 적용해 봐."

"나에게는 좀 어려운 말 같아. 예를 들어 설명해 줘."

"'토끼와 거북이' 이야기를 읽고, 토끼와 거북이의 삶의 태도를 생각해 보는 거야. 우리 삶에서 토끼처럼 혹은 거북이

처럼 사는 삶은 어떤 것인지 떠올려 보는 거지. 그리고 나는 어떻게 사는 것이 좋은지도 생각해 봐. 또 '개미와 베짱이' 이야기와 연결해 인간으로서 어떻게 사는 것이 현명한지 고민해 볼 수도 있겠지."

창조는 아직 잘 이해가 되지 않았지만, 책을 읽어 보고 따라 해 보면 알 것 같았다.

"창조야, 이 실록 좀 읽어 봐. 한문 말고 한글로!"

책냥이가 컴퓨터로 《조선왕조실록》의 한 부분을 보여 주었다.

> 동지경연 이지강이 《대학연의》를 진강하고 또 아뢰기를,
> "임금의 학문은 마음을 바르게 하는 것이 근본이 되옵나니,
> 마음이 바른 연후에야 백관이 바르게 되고, 백관이 바른
> 연후에야 만민이 바르게 되옵는데, 마음을 바르게 하는
> 요지는 오로지 이 책에 있사옵니다." 하매,
> 임금이 말하기를, "그러나 경서를 글귀로만 풀이하는 것은
> 학문에 도움이 없으니, 반드시 마음의 공부가 있어야만
> 이에 유익할 것이다." 하였다.
> _《세종실록》 1권, 세종 즉위년 10월 12일

"이건 세종 즉위년 10월 12일의 실록이야. 세종대왕은 책을 단순히 글귀로 읽어서는 학문에 도움이 안 되고, 마음까지 함께 수양하는 것이 필요하다고 하셨어. 이 내용 보고 너는 어떤 생각이 드니?"

"글쎄, 마음까지 수양한다는 게 무슨 뜻인지 잘 모르겠어."

"책을 그냥 지식을 얻으려고 보지만 말라는 거지. 올바른 마음가짐을 갖기 위해 노력하며 읽어야 한다는 이야기야."

책냥이가 힘주어 설명했다.

"아, 나는 어떤 책은 집중해서 읽고, 어떤 책은 대충대충 읽는 것 같아. 그런데 책을 읽을 때 마음가짐까지 생각해 본 적은 없었어."

"아무리 책을 많이 읽어도 마음가짐이 올바르지 않다면 책은 별 도움이 되지 않을 거야. 그리고 한 권 한 권 제대로 읽어야 한다는 부담을 가지면 잘 읽히지 않아. 즐겁게 읽어야 재밌게 잘 읽을 수 있지."

"똑같은 물도 뱀이 먹으면 독이 되고, 소가 먹으면 우유가 되는 것처럼, 마음가짐에 따라 책의 가치가 달라진다는 뜻이구나?"

"맞아. 세종대왕은 왕위에 오르자마자 집현전을 크게 확대하셨어. 집현전이 '현명한 사람들이 모인 집'이라는 뜻인 건 알지? 집현전 학자들은 날마다 경서와 사서를 강의하고, 다른 나라의 제도를 연구하며 외교 문서를 만들고, 과거 시험의 감독 역할도 했지. 세종대왕은 집현전 학자들의 연구를 돕기 위해 진심을 다해 아낌없이 지원했어. 학자들이 연구에 필요한 책, 보고 싶어 하는 책을 넉넉히 사들였고, 국가에서 책을 편찬하면 가장 먼저 읽을 수 있도록 했지."

"와, 나도 그때 태어났으면 집현전 학자가 됐을 텐데.《농사직설》을 편찬하는 데 큰 역할도 하고 말이야."

"집현전에서는《농사직설》뿐만 아니라 다른 책도 많이 집필하며 학문 발전에 크게 기여했단다."

"다음에 세종대왕 할아버지를 만나면 집현전에 대해서 더 물어보고 싶어. 집현전 인재들은 어떻게 뽑았는지, 어떤 책을 많이 읽었는지 궁금한 게 정말 많아."

창조의 말이 끝나자, 책냥이가 책방 회원 카드를 내밀었다. 창조는 빠르게 회원 카드를 작성했다.

"책을 좋아하는 마음, 그 마음만 갖고 오면 돼."

"책냥이 너랑 이야기하다 보니, 그동안 친구들보다 책을 좀 더 많이 읽었다고 자랑했던 게 부끄럽기도 해. 책은 경쟁하려고 읽는 게 아닌데 말이야. 앞으로 서로를 더욱 이해하고 배려하려는 마음으로 읽어야겠어. 어려운 일이 있을 때 문제를 해결하고, 더 지혜로운 삶을 살기 위해 책을 읽어도 좋고."

"맞아! 지혜로운 삶이 중요하지. 세종대왕은 모든 백성이 책으로 평등하게, 지식과 정보를 나누고 지혜로운 사람이 되길 원하셨어. 그래서 한글을 창제하신 거야. 세종대왕의 그 수많은 업적의 비결은 바로 천천히, 꼼꼼하게 여러 번 읽고, 의문 나는 점은 질문하고, 추론과 비판으로 우리 삶에 도움이 되게 하는 책 읽기였단다."

창조는 하나라도 놓칠세라 책냥이가 하는 말을 열심히 받아 적었다.

"내일 친구들과 함께 책방 회원 모임에 오렴."

"갑자기 책 읽기가 재밌어졌어. 내일 일찍 올게!"

창조는 흥이 나서 콧노래를 부르며 책방을 나섰다.

책냥이 독서 길라잡이 5
융합 실용 독서

책을 읽은 다음에는 어떻게 할까?

융합 실용 독서란 여러 분야의 지식을 통합해 실제 문제 해결 능력을 키우는 독서 방법이에요. 책을 읽고, 실제 생활에 적용하며 창의적으로 생각하는 것을 목표로 해요. 다음은 우리가 책을 읽고 실천해 볼 수 있는 융합 실용 독서 방법이에요.

① 다양한 분야의 책 연결해서 읽기: 문학, 과학, 철학, 예술 등 여러 분야의 책을 읽고, 서로 연결해 새로운 생각을 만들어 보세요.

② 실생활에 적용하기: 책에서 배운 지식을 실제 문제 해결에 활용해 보세요.

③ 비판적으로 따져 보기: 저자의 생각을 그대로 받아들이지 말고, 여러 관점에서 분석해 보세요.

④ 창의적으로 생각하기: 읽은 내용을 바탕으로 새로운 아이디어를 만들어 보고, 문제 해결책을 생각해 보세요.

융합 실용 독서는 창의성을 키우고, 복잡한 문제를 해결하는 데 도움이 돼요.

나만의 독서법

오늘은 세종책방 회원들이 만나 이야기를 나누는 날이다. 일자와 무식이, 지혜와 통달이, 그리고 창조는 약속한 대로 제시간에 책방에 모였다. 책냥이가 모두를 반갑게 맞았다.

"어서 와! 모두 함께 보니 더 반갑구나."

"책냥아, 안녕!"

"우리가 이렇게 세종책방에 다 모이니 집현전 학사들 같아!"

통달이의 말에 모두 깔깔 웃었다.

"엄마가 책방에 간다고 김밥을 싸 주셨어. 이따가 같이 먹자."

지혜가 말했다.

"우리 엄마도 직접 만든 과자를 챙겨 주셨어."

창조가 입맛을 다시며 말했다.

"나도 맛있는 무지개떡을 준비했어. 끝나고 함께 먹자."

책냥이가 말을 마치자 아이들이 둥글게 앉았다. 구석에는 책의자가 놓여 있었다.

"우리 세종책방 회원들이 모두 모였구나, 후훗."

책냥이가 흐뭇한 표정으로 바라보더니 계속해서 말했다.

"독서의 중요성! 예나 지금이나 변함없이 강조되는 말이지. 만약 너희 방이 창문 하나 없이 어둠으로 꽉 막혀 있다면 어떤 기분일까?"

"너무 답답할 거야."

무식이가 가슴을 탕탕 치며 대답했다.

"나는 감옥에 갇힌 기분일 것 같아."

통달이의 말에 아이들이 고개를 끄덕였다.

"맞아, 상상만 해도 무척 답답하겠지. 이럴 때 책은 세상을 바라보는 나만의 창문이 되어 주지. 또 미로처럼 얽힌 수많은 길 위에서 어떤 길로 가야 할지 알려 주는 표지판이 되기도 하고, 목적지를 안내하는 지도가 되기도 해."

책냥이는 반짝반짝 빛나는 아이들의 눈을 보더니 웃으며 다시 말을 이어 갔다.

"그리고 무엇보다 우리가 직접 경험할 수 없는 다양한 삶을 책으로 간접 체험할 수 있어. 우리 뇌는 상상과 현실을 구분하지 못한다고 해. 상상만 해도 진짜인 걸로 느낀대. 저자의 경험에 내 감정을 실어 읽기만 해도 뇌는 그 경험을 나의 경험으로 인식하게 된다는 말이야. 이렇게 독서로 간접 경험을 하면 정말 많은 것을 얻을 수 있지."

책냥이가 빙그레 웃으며 한마디 더 보탰다.

"그럼, 너희가 세종책방에서 책을 읽으면서 배운 나만의 독서법을 소개해 볼까?"

"내가 먼저 말할게!"

일자가 먼저 자신 있게 일어섰다. 이어서 무식이, 지혜, 통달이, 창조가 말했다.

나는 책에서 내 이야기를 만나기도 하고, 나의 고민에 대한 해답도 찾을 수 있었어. 책 속에 길이 있다는 걸 깨달았지.

책을 폭넓게 읽고, 내용을 알 때까지 반복해서 읽는 것이 얼마나 중요한지 알았어. 무턱대고 많이 읽기보다 내용을 깨달을 때까지 꼼꼼하게 읽을 거야.

그동안 책을 끝까지 읽고 중심 내용만 알면 되는 줄 알았거든. 책을 읽으며 이해되지 않는 부분, 중요한 내용을 질문으로 만들어 보고 답을 생각해 보니 책을 집중해서 읽게 되고 내용도 오래 기억 나.

그동안은 책 내용이 모두 맞는 건 줄 알고 그대로 받아들였어. 책을 비판적으로 읽고 글 속에 숨은 뜻이 무엇인지 살펴보면서 읽어야 한다는 것을 깨달았지.

지식으로만 머무르지 않고 어떻게 세상에 도움이 될지 생각해 보는 것도 중요하다고 생각해. 책을 읽고 실천하는 독서가 필요해.

우아, 멋지다!

"책 읽기가 왜 중요한지, 이제 다들 잘 알겠지만, 마지막으로 정리해 볼게."

책냥이가 말을 이었다.

"첫 번째, 독서는 자기 주도적인 학습의 기초가 되기 때문이야. 책을 읽으면서 문자의 의미를 다양한 시각으로 파악하고, 자신만의 창의적인 해석을 할 수 있어. 독서로 얻은 풍부한 배경지식은 학습 능력을 한층 높여 주지. 책을 읽으며 모르는 것을 알게 되고, 새로운 것을 깨달아 가면서 학습도 공부도 점점 더 재미있게 할 수 있고 말이야."

책냥이가 말을 하다 멈추고 아이들의 표정을 살폈다. 그러자 통달이가 재촉했다.

"두 번째는 뭐야? 어서 말해 줘!"

"하하하, 지루할 수도 있는 이야기라 잘 듣고 있나 확인했지. 그런데 생각보다 잘 듣는걸. 두 번째는 독서를 통해 자신과 비슷한 입장이나 다른 입장을 간접 경험하며 다양한 문제를 고민해 볼 수 있어. '나라면 어떻게 할까?' 또는 '다른 사람 입장에서는 어떻게 보일까?' 이러한 질문을 하며 적극적으로 지식과 지혜를 찾아내고, 문제 해결 능력을 키울 수 있지."

"세 번째!"

일자가 손가락 세 개를 펴며 말했다.

"그래, 잘 따라오고 있구나. 마지막 세 번째는 책을 읽으면서 등장인물의 생각에 공감하고 새로운 감정을 경험하면서 다른 사람의 마음을 이해하게 되지. 세상을 더욱 긍정적인 시각으로 바라보고 올바른 가치관을 키우는 데도 도움이 되고."

여기까지 말하더니 책냥이는 '휴' 한숨을 쉬고 다시 말을 이어 갔다.

"이처럼 독서는 세상을 살아가며 서로 공감하고 성장하기 위해, 가치 있는 삶을 위해 꼭 필요하지. 가족과 친구도 소중하지만 항상 곁에 있기는 힘들잖아? 내가 원할 때 언제나 내 곁에서 필요한 영양분을 채워 주는 존재가 바로 책이란다."

책냥이가 말을 마치자 모두 손뼉을 쳤다. 그 순간 누가 준비했는지 아이들 앞에 밥상이 차려져 나왔다.

"와, 드라마에서 본 임금님 밥상 같아!"

"언제 준비한 거지? 혹시 세종대왕 할아버지가?"

아이들은 모두 세종대왕 그림을 바라보았다. 세종대왕 할아버지가 한쪽 눈을 찡긋하며 미소 짓고 있었다.

세종책방은 책을 좋아하는 어린이, 책을 어떻게 읽어야 할지 고민하는 어린이, 그리고 더 잘 읽고 싶은 어린이 앞에 '쏙' 하고 나타나는 신기한 책방이에요! 책을 읽으라는 말은 많이 듣지만, 어떻게 읽어야 할지 막막하고 힘들어하는 친구들이 있다면, 세종책방이 도와줄 거예요. 세종책방은 24시간 열려 있으니까 언제든지 찾아와도 좋아요!

책냥이 독서 길라잡이 ⑥
독서 습관 만들기

나의 독서 습관 살펴보기

독서 습관이란 책을 오랫동안 반복해서 읽다 보면 자연스럽게 생기는 행동 방식이에요. 독서 습관이 잘 잡히면 힘들이지 않고 책을 읽을 수 있어요. 그럼 어떻게 하면 좋은 독서 습관을 기를 수 있을까요? 아래 질문에 답하면서 나의 독서 습관을 정리해 보세요.

- 나는 책을 읽을 때 집중해서 읽는다. (O, X)
- 나는 책을 골고루 읽는다. (O, X)
- 좋아하는 책은 여러 번 읽는다. (O, X)
- 나는 필요한 책을 스스로 고를 수 있다. (O, X)
- 나는 책을 읽기 전에 내용을 생각해 본다. (O, X)
- 책 읽는 시간을 정해 두고 꾸준히 읽는다. (O, X)
- 책을 읽은 뒤 느낀 점을 정리한다. (O, X)

- 나의 독서 습관은 ....

독서 친구 만들기

책을 함께 읽고 이야기를 나눌 독서 친구를 만들어 보세요. 친구나 가족과 같은 책을 읽고 생각을 나누면 책의 내용을 더 잘 이해할 수 있고, 새로운 생각도 배울 수 있어요. 서로 책을 추천하며 더 재미있게 독서할 수 있답니다. 책 동아리를 만들어 함께하면 더욱 좋아요.

- 나는 친구나 가족과 책에 대해 이야기한다. (O, X)
- 친구와 같은 책을 읽고 서로 이야기한 적이 있다. (O, X)
- 친구에게 책을 추천하거나 소개한 적이 있다. (O, X)
- 친구가 추천한 책을 읽은 적이 있다. (O, X)
- 책을 빌려주거나 빌린 적이 있다. (O, X)
- 친구와 독서 습관을 이야기해 본 적이 있다. (O, X)
- 책 읽는 모임에 참여한 적이 있다. (O, X)

- 함께 읽고 싶은 독서 친구는 ⋯⋯⋯⋯⋯⋯⋯⋯⋯⋯⋯⋯⋯⋯⋯⋯⋯⋯⋯.

《세종실록》으로 만나는 '독서왕' 세종

《세종실록》이란?

세종대왕의 독서에 관한 기록은《세종실록》에 잘 나와 있어요. 조선 시대에는 왕이 세상을 떠나면 그 기간의 일을 기록하여 후대에 남겼는데, 이런 기록을 모은 것이《조선왕조실록》이에요.《세종실록》은 그중 하나로, 세종이 왕위에 오른 1418년 8월부터 세상을 떠난 1450년 2월까지의 기록을 담고 있어요.

세종대왕 독서법이 엿보이는 기록들

> 경서를 글귀로만 풀이하는 것은 학문에 도움이 없으니, 반드시 마음의 공부가 있어야 이에 유익할 것이다.
>
> _세종 즉위년(1418년) 10월 12일

요사이 《고려사》를 읽어 보았더니, 사실과 맞지 않는 곳이 많다. 마땅히 고쳐서 바로잡아야 할 것이다.

_세종 1년(1419년) 9월 19일

임금이 되기 전부터 학문을 좋아하고 게을리하지 않아서, 일찍이 경미한 병환이 있을 때에도 독서를 그치지 아니해 태종께서 환관을 시켜서 서책을 다 감추게 했다. 《구소수간》만을 곁에 두었더니, 드디어 이 책을 다 보시었다.

_세종 5년(1423년) 12월 23일

내가 한역(漢譯)을 배우는 것은 다른 것이 아니다. 명나라 사신과 서로 접할 때에, 미리 그 말을 알면 그 대답할 말을 혹 빨리 생각하여 준비할 수 있기 때문이다.

_세종 5년(1423년) 12월 23일

책을 읽으면 세상을 보는 눈이 밝아지고, 마음이 넓어지느니라. 조금씩이라도 꾸준히 읽어 가면 너희가 가진 힘이 더 커질 것이다.

산법이란 유독 천문 과학 책에만 쓰는 것이 아니다. 만약 병력을 동원한다든가 토지를 측량하는 일이 있다면, 산법 없이는 달리 구할 방도가 없다.

_세종 13년(1431년) 3월 2일

대제학 윤회(尹淮) 등이 날마다 편찬하는 《자치통감훈의》를 매일 저녁 궐내에 들이니, 임금이 친히 오류(誤謬)된 것을 교정하기를 혹은 밤중에 이르도록 하였다.

_세종 16년(1434년) 12월 11일

주자가 잘못을 바로잡은 말과 그 자신이 한 말에도 의심스러운 곳이 있다. 비록 주자의 말이라 할지라도 모두 믿을 수는 없다.

_세종 19년(1437년) 10월 23일

책을 보는 중에 그로 말미암아 생각이 떠올라 나랏일에 시행한 것이 많았다.

_세종 20년(1438년) 3월 19일

정치를 하려면 반드시 앞선 시대의 다스림과 아픔의 자취를 보아야 한다. 그 자취는 오직 역사 서적에서 찾아야 한다.

_세종 23년(1441년) 6월 28일

내전으로 들어가서 편안히 앉아 글을 읽으시되, 손에서 책을 떼지 않다가, 밤중이 지나서야 잠자리에 드시니, 글은 읽지 않은 것이 없으며, 무릇 한 번이라도 귀나 눈에 거친 것이면 종신토록 잊지 않았는데, 경서(經書)를 읽는 데는 반드시 백 번을 넘게 읽고, 역사책과 같은 실용 책은 반드시 30번을 넘게 읽고, 성리(性理)의 학문을 정밀하게 연구하여 고금에 모든 일을 널리 통달하셨습니다.

_세종 32년(1450년) 2월 22일

세종책방 회원을 모집합니다!

초판 인쇄 2024년 11월 25일
초판 발행 2024년 12월 5일

지은이 정성현
그린이 리노
펴낸이 정은영
편집 한미경, 노현주
디자인 DesignPark, 선우정
마케팅 정원식

펴낸곳 주니어마리
출판등록 제2019-000293호
주소 (04037) 서울시 마포구 양화로 59 화승리버스텔 503호
전화 02)336-0729, 0730
팩스 070)7610-2870
홈페이지 www.maribooks.com
이메일 mari@maribooks.com
인쇄 (주)신우인쇄

ISBN 979-11-985556-8-7 (73810)

• 이 책은 주니어마리가 저작권자와의 계약에 따라 발행한 것이므로
  본사의 허락 없이는 어떠한 형태나 수단으로도 이용하지 못합니다.
• 잘못된 책은 바꿔 드립니다.
• 가격은 뒤표지에 있습니다.